Edition Suhrkamp Leipzig

Kurt Drawert wurde für seinen prosaisch-essayistischen Text *Haus ohne Menschen. Ein Zustand* der Ingeborg Bachmann-Preis 1993 zugesprochen. »Ich finde in ihm jene radikale Einsicht in Dinge und Verhältnisse und zugleich jene sprachliche Originalität, die die Literatur weiterbringt.« (Peter Demetz)

Bereits zu seinem 1992 erschienenen Roman *Spiegelland. Ein deutscher Monolog* (erschienen als Band 1715 der edition suhrkamp) war zu lesen: »Unter den vielen Versuchen ehemaliger DDR-Autoren ist Drawerts sprachkritischer Text die bislang angemessenste und in der literarischen Form modernste Antwort auf den Zusammenbruch der DDR.« (*Süddeutsche Zeitung*)

Die nun vorliegenden *Zeitmitschriften* Kurt Drawerts, die *Haus ohne Menschen* eröffnet, enthalten in den vergangenen Jahren entstandene Auseinandersetzungen mit der untergegangenen DDR: Erinnerungsarbeit, Spurensicherung, Deutungsversuche – in Form von Kritiken, Essays und das neue Buch beschließenden Gedichten.

Die totale Inanspruchnahme des Denkens in der DDR war ein Modellfall – oder: »nicht die Stasi ist das Problem, sondern ihr Erfolg. Und dieser Erfolg ist zugleich das Lehrstück ...«

Kurt Drawert, 1956 in der DDR geboren, ist Anfang 1993 von Leipzig in die Nähe von Bremen umgezogen. 1989 erschien sein Gedichtband *Privateigentum* (edition suhrkamp 1584). Im gleichen Jahr erhielt Kurt Drawert für seine Lyrik den Leonce-und-Lena-Preis. Neben anderen Auszeichnungen erhielt er den Förderpreis der Jürgen Ponto-Stiftung und für seine neuen Gedichte den ersten Lyrikpreis der Stadt Meran.

Foto: Isolde Ohlbaum

Kurt Drawert
Haus ohne Menschen
Zeitmitschriften

Suhrkamp

edition suhrkamp 1831
Neue Folge Band 831
Erste Auflage 1993

Erstausgabe

Satz: Fotosatz Otto Gutfreund GmbH, Darmstadt
Druck: Nomos Verlagsgesellschaft, Baden-Baden
Umschlagentwurf: Willy Fleckhaus
Printed in Germany

1 2 3 4 5 6 – 98 97 96 95 94 93

Inhalt

Wenn die Literatur nicht *alles* ist, ist sie der Mühe nicht wert. Das will ich mit »Engagement« sagen.

Jean-Paul Sartre, 1960

Haus ohne Menschen
Ein Zustand

... auflösen, wegwerfen, vernichten, verbrennen. Plötzlich war alles nur noch eine Frage des Loswerdens geworden, der Entsorgung, wie man jetzt sagt, der Entsorgung von Jahren ..., beschädigte Jahre und vielleicht schon verloren, als es sie gab, mit dem schönen Stillstand der Zeit in den Briefen, in denen man seinen Körper, und wie er am Leben geblieben war, beschrieb, und mit der Empfindung für etwas, das man nicht kannte und das sich seine Wörter erfand ..., und es war die Sonne, immer matt und verhangen im Dunst, stehengeblieben über dem Dachfirst des gegenüber anders sterbenden Hauses mit seinen fröhlichen Tauben ..., und es hatte die mürbe, sinnlose Sonne diesen Ort nie erreicht, der ein Verlorenheitsort war zwischen all den anderen Verlorenheitsorten, die keinen Namen mehr haben und in keiner traumlosen Stunde der Nacht die Erinnerung streifen und ausgelöscht sind, eingeebnet, als wären sie nichts als der Staub abgeriebener Kreide gewesen, wie er unter der Holztafel lag und an den Schuhsohlen klebte und zur Schmutzspur auf den Fußböden der Schulzimmer wurde ..., und diese Spuren waren schon Boten des Scheiterns, das die Schrift gebracht hat hoch oben weiß auf schwarzem Grund ..., und es war dieser Schulzimmerstaub schon die Wahrheit vor der Leere der Sätze, die wir auswendig lernten an langen, schmutzigen Spätsommertagen auf den kalten, verlassenen Bänken am Rande der Städte. Der Staub, wie er für Augenblicke noch leicht in der Luft lag und zu sehen war im gebrochenen Licht, das, wie ein Geheimnis der Ferne, durch die Schräge aufgekippter Dachlukenfenster hereinbrach in die Dumpfheit des Unterrichtszimmers. Und es war, als erzählte der Staub, ehe er sich niedersenkte zur Erde wie Schnee, schon die Geschichte der Zukunft, die nun, in ihrem schwarzen Finale, eine Geschichte ohne uns ist. Aber uns waren die Zeichen damals nicht lesbar, aber es kann auch eine Ahnung in uns gewesen sein, aber dieser Staub nun war Schmutz, und die Sätze hoch oben weiß auf schwarzem Grund haben ihre Wahrheit erreicht, die nichts als die Auflösung ist, wo sie das Paradies werden sollte. Die Ideen sind erfüllt, erfüllt und vollendet..., vollendet im *Schmutz*, wie er von der Straße durch die undichten, vom Außenrahmen nach innen voranfaulenden Fenster dringt und sich auf den Gegenständen festgesetzt hat als eine schmierige, mit allen Ausdünstungen der Stadt und des restlichen halben Lebens dieser Stadt vermischte, graugelbe Substanz. Ich berühre die Lehne eines Stuhles, und diese Substanz klebt mir auf der Innenseite der Hände. Ich ziehe ein Buch aus dem Regal, und die Seiten sind von den Rändern zur Blattmitte hin vergilbt. Die in offenen Regalen liegende Kleidung ist verstaubt und von Motten zerfressen. Alles, ausnahmslos alles, was nicht hinter Schranktüren oder Glasscheiben lag, ist, von jener Substanz, verdorben, endgültig. Es sind die Oberflächen der Dinge, und es sind die Gewebe der Dinge verdorben..., und diese *Substanz* ist es, die uns unsere Geschichte erzählt, und es gibt nur *diese Geschichte* mit ihren Chiffren des Scheiterns, die davon berichten, was dieses Land, jenseits seiner Sätze, in denen die Körper leblos sein mußten, war. Es gab eine Stummheit im Sprechen, die nicht die Leere war und auch nicht die Sprache, und es war dies die Einsamkeit am Ende der Sätze, die im Inneren eines jeden einzelnen blieb als eine namenlose aber spürbare Krankheit, und in dieser Krankheit hat es das Leben gegeben, wie es mich festhielt und das ich auch gewollt haben mußte, an diesem lichtlosen Ort, den ich auch gewollt haben mußte, begehrt und geliebt, und der zugleich nur vom Verstoßensein spricht, dieser Raum, in dem ich auf einem schmutzigen Sessel sitze und mir die Sachen schmutzig mache und die Hände, sobald ich irgend etwas berühre. Der Raum ist ein Fäulnisraum…, es ist eine Verfallenheit in ihm und eine feuchte, moderne Luft…, die nur von Situationen des Verstoßenseins handelt, und vielleicht war ich verstoßen worden schon vor der Geburt, davor und danach, und vielleicht auch wollte ich verstoßen sein und habe verstoßen, habe mich ausgeschlossen, weil ich ausgeschlossen war, ausgeschlossen aus dem alltäglichen Gang ohne Hoffnung, aus diesem Haus heraus und in dieses Haus zurück, ausgeschlossen aus einem dauernden, stumpfmachenden Kampf mit dem Dreck, der *Substanzdreck* ist, *Landesdreck, Staatsdreck, Erinnerungsdreck*, oder wie man es sonst nennen könnte, *Gegenwartsdreck*, dieses Wort käme auch noch hinzu. Und hat einer erst einmal die Kontinuität des Dreckwegräumens in dieser Stadt und an diesem Ort unterbrochen, gibt es, auch beim besten Willen, keine Chance mehr, nicht nur, wie es jedem passiert, der Herausforderung des Dreckwegräumens zu unterliegen, sondern ihr so zu unterliegen, daß noch ein minimaler Lebensrest bleibt. Ich übertreibe nicht, wenn ich das sage: wer heute in diese Stadt geht, hat entweder einmalige Transaktionen zu regeln und seinen Hauptsitz im Spessart oder sonstwo behalten, das heißt er kommt, zählt sein Geld und verschwindet wieder, oder er ist ganz einfach verrückt, ein Voyeur, den es auf eine sonderliche Weise befriedigt, durch diese Verkommenheitsstraßen mit ihren Verkommenheitsbildern und Verfallsfiguren und Endzuständen und Verlorenheitsperspektiven zu gehen, die brüchigen Wände und bröckelnden Fassaden entlang in einer Gegend, in der alles beharrlich bis zum Ende und bis zum endgültigen Ende hin verfault. Die Häuser verfallen und die Wohnungen verfallen, und die je unsichtbar bleibenden Besitzer warten es ab, daß die Häuser und die Wohnungen verfallen, warten, bis sie endgültig verfallen sind und die Menschen in den Häusern und Wohnungen verschwunden und endgültig verschwunden sind, daß alles aufgelöst ist und eingeäschert, um auf dem Boden des Eingeäscherten für andere etwas Anderes zu errichten. Es sind alles Entsorgungsprobleme, der Osten ist ein einziges überdimensionales Entsorgungsproblem, das ist eine Tatsache, und ich bin ganz ohne Empfindung bei dem Gedanken, daß alles aufgelöst und eingeäschert sein wird, was seine Auflösung und Einäscherung aus sich selbst heraus angerichtet hat und die *Substanz* war und ist, wie sie mir jetzt auf der Haut klebt und an der Kleidung haftet und in der Erinnerung ist, um in langen, einsamen Nächten aufzuerstehen als ödes, gerissenes Bild ohne Menschen. So ist auch der Raum, in dem ich sitze und mich schmutzig mache und der alles mit mir zu tun hat und in dem alles von mir erzählt und der nichts mit mir zu tun hat und der von allem anderen erzählt als von mir und ein einziger Fäulnisraum geworden ist . . ., ein *Substanzdreckraum*, in dem sich noch etwas Ungeziefer über die Zeit hin gerettet und in den Winkeln, Ritzen und dunklen Nischen festgesetzt und ausgebrütet hat . . ., dieser Raum ist nur dem Anschein nach durch Wände, Türen und Fenster von der Straße getrennt, die, wie alle Straßen dieser Stadt, eine dem Verkehr entsprechend zu enge und zu zerstörte Straße geworden ist, um nicht die Kolonnen dahinziehender Fahrzeuge in sich wiederholenden Chaoszuständen zum plötzlichen Stillstand zu zwingen. Dieser Raum ist, genaugenommen, die Straße selbst, dieser Raum und diese Wohnung und dieses Haus und alle Häuser dieser Straße *sind* die Straße, ich sitze auf einem schmutzigen und von Schmutz*substanz* beschädigten Sessel und erlebe jede Erschütterung der Straße als eine Erschütterung des Körpers. Ausnahmslos jedes schwere Fahrzeug erschüttert das

Haus und das Fundament des Hauses und den Boden der Wohnung und die Wände der Wohnung und die Gegenstände, die eine eigene Schwingung erzeugen und aneinanderschlagen, so daß aus jedem Winkel ein klirrender oder klappernder, schriller oder dumpfer Ton herüberdringt zu der Stelle im Raum, an der ich sitze und an der ich mich nur noch schmutziger mache und an der mein Körper und meine Sinne in diesen vulgär pulsierenden Rhythmus der Straße übergehen und an der es, sitzen bleibend, nur noch das Ende zu erwarten gibt. Ich ahne, daß unzählige andere, von deren Existenz man nur durch Verfügungen informiert ist, darauf warten, daß dieser Endzustand eintreten möge, und wissen, daß dieser Endzustand dadurch am schnellsten eintritt, daß nichts unternommen wird und die Leute einfach so sitzen bleiben auf ihren von Substanzdreck beschädigten und durch Substanzdreck in die Zerstörung getriebenen Sachen. Sie lassen die Leute einfach so in ihren Trauerhäusern und Verfallswohnungen und morschen, faulenden Räumen sitzen, die quasi in einem direkten Verbindungssystem zur Straße und zum vulgär pulsierenden Rhythmus dieser Straße mit allen ihren Ausdünstungen stehen, da sie vollkommen ungeschützt sind und nur dem Anschein nach über Wände, Türen und Fenster verfügen. Sie lassen sie, die nicht weggekommen sind rechtzeitig, so sitzen und warten, bis sie aus dieser Sitzhaltung heraus nach vornhin umgekippt sind und tot auf den Dielen liegen. Es ist eine Auflösung, die sich aus allem Substanzdreck heraus selber vorantreibt und lediglich den aufmerksamen Beobachter benötigt, der in gesicherter Entfernung nur abzuwarten braucht, wann es lohnt, mit dem Besen herbeizukommen und die Scherben aufeinanderzukehren und etwas für andere Anderes zu errichten. Und ganz gewiß wird auch mich nichts anderes als Auflösung und Weggekehrtwerden erwarten, überflüssig und zuviel, wie ich geworden bin, ein

Endmensch von vielen, zerrissen und schuldig. Diese Stadt ist ein einziger Metastasenorganismus, der sich selber erledigt und in das größte Entsorgungsproblem aller Zeiten einmündet. Das sogenannte Aufbauprogramm ist ein Entsorgungsunternehmen von noch nie dagewesener Dimension..., und ich selbst sitze ja auch nur auf meinem Drecksessel und überlege, wie ich diese Wohnung auflösen und wohin ich all diesen Warenschund, diese Ausschußwirtschaft, für die sich ganze Generationen die Knochen gebrochen haben, werfen soll, Verfallsmaterie, die nicht einmal mehr die Müllabfuhr entgegennimmt. Die Müllabfuhr, die früher einmal eine ganz passable Truppe zumeist trinkender junger Leute war, kommt heute in orangenen Dienstanzügen und sichtet mit kritischem Blick, was ihr als Weggeworfenes entgegenzunehmen als würdig erscheint, und nimmt es mit erhobenem Kopf und spitzen Fingern. Die nicht vollkommen unsympathische Tumbheit dieser Arbeiterschaft ist endgültig dahin und nicht mehr auszuhalten, wo sie sich in raffiniertes Kalkül verwandelt hat und den einzelnen in die Geste bringt, als hätte er mit dem ganzen Substanzdreck des Ostens nichts mehr zu tun und nur noch die eine Zugehörigkeit zu erfüllen zu dem ihn beschäftigenden Betrieb, der in diesem Fall die Stadtreinigung ist. Und in drei von vier Fällen, das heißt drei von vier Gegenständen, die natürlich alle vollkommen unbrauchbar gewordene Dreckgegenstände sind, nehmen einem diese über Nacht aristokratisch gewordenen Proletarier gar nicht mehr ab, erst recht nicht unentgeltlich, man muß, so ist die Lage, selbst und in nicht geringen Beträgen dafür aufkommen, das alles loszuwerden, was einem die Landeswirtschaft jahrzehntelang angedreht hat. Und dieses Problem, das sich mir mit dieser Wohnung, die, von der sogenannten Küche aus betrachtet, in der alle Leitungen lange schon aus bautechnischen Gründen vom Strom-, Gas- und Wassernetz abgetrennt sind und in der aus offenliegenden Abflußrohren, die wie freie eiternde Wunden im Wandkörper liegen, alle Gärungs- und Fäulnisgerüche dieser Welt in die sogenannte Stube dringen…, die also nichts als ein besseres Einstiegsloch in die Kanalisation darstellt…, dieses Problem, das ich mit dieser Wohnung und mit der Auflösung dieser Wohnung und der Entsorgung der in ihr liegengebliebenen und durch meine längere Abwesenheit vollkommen verfallenen Gegenstände habe, dieses Problem ist nun zugleich das eines jeden dieser verpaßten deutschen demokratischen Republik. Aber ich weiß auch nicht, aus welcher Perspektive eine Klage darüber, daß restlos alles in die Entsorgungsmaschine treibt, was irgendwie und gleich welcher Art aus diesem Land hervorgegangen war und heute nutzlos herumliegt, angebracht wäre und seinen Rückverweis auf Schuld und Verschuldung unterbrechen könnte, und gewiß empfinde ich nichts in Richtung des Klagens, und es ist, natürlich, diese abgewirtschaftete Landschaft, in die ich ausgesetzt war ohne Bestimmung und mit Herkunft an anderer Stelle erklärte…, und sie ist wie die geschlachtete Sau am Haken des Metzgers, der das giftgewordene Blut geradewegs in die Schleuse abfließen läßt bei letzten schrillen Tönen aus einer aufgeschlitzten Schweinekehle. Und das plötzlich hochmütig gewordene Aristokratenproletariat hat auf seine Weise ganz recht, jeden Kontakt mit der Herkunft des Körpers des Landes und seiner Sprache zu verweigern und die eigenen Hervorbringungen, wenn überhaupt, nur noch mit erhobenem Kopf und spitzen Fingern vom Boden zu heben. *Alles, was war, gewesen ist, hat seine Zugehörigkeiten und Abkommenschaften verloren, und niemand, heute, hat noch irgend etwas, im Schutt der verbrauchten Bilder, zu finden, was es, für ihn, verdient hätte, gefunden zu werden, bewahrt und sprechend bewegt zu werden, und so wird alles, von nun an, sprechend in Vergessenheit geraten, um so, sprechend, von Anderem zu be-*

richten und das Werk endlosen Erfindens, von nun an, zu beginnen, und ich bin ganz ohne Zuneigung für alles, was zu erwarten sein wird, was mich umgibt, was mich umgeben hat, was zu mir gesprochen hat und was zu mir spricht. Es sind Lügenapparaturen, installiert an den gleichen inneren Orten von gestern und eingegangen ins Fleisch vieler dieser Menschen, und so sind die Körper von Lüge durchzogene Körper, und so wird das Gedächtnis eine öde, eingeäscherte und begriffslose Landschaft sein und den Grundriß abgeben und das Bauland für eine nächste erbarmungslose, zerstörerische Utopie. Und jede Utopie ist eine zerstörerische und leugnet die Realitäten und bereitet die Abgründe auf, die durch Leugnung sich auftun und sich aufgetan haben und nichts außer kranke und krankmachende Verhältnisse produzieren und produziert haben. Ein dauerndes Einbildungsstolpern und Stürzen auf das blutige Pflaster der Realitäten, von der Aufklärung an abwärts und schließlich in diesem Haus, in dieser Wohnung, in diesem Dreck..., diesem *Substanzdreckraum* mit seiner erbärmlichen Verfallenheit, vor der selbst die Schmutztiere fliehn, zu Boden und gleichsam auf die Straße gestürzt und in die Weite dieser Demontagelandschaft und abgesickert in zurechtgebaggerten Entsorgungssenkgruben am Rande dieser ungeheuerlichen Halbmillionenstadt..., einer Stadt, die nichts anderes ist als eine Geldwaschanlage für Kriminelle, ein brodelnder Ausflußkessel, der nichts als tödliche Industriespuren bildet. Diese Stadt ist in einem solchen Zustand von Fäulnis, daß sich ganze Parfümeriekonzerne daran zu Tode arbeiten werden, Neutralisierungsgerüche, allein durch die Leben von dem einen auf den anderen Tag überhaupt noch ermöglicht werden kann, zu produzieren. Und abgesehen davon, daß die Selbstbewaffnung ohnehin schon die Voraussetzung eines jeden dafür geworden ist, nicht ganz ohne Überlebenschancen zu sein, wenn er durch dieses Paradies der

Verbrecher und Halbseidenschaften laufend oder auch fahrend seinen unabkömmlichen und meistens vollkommen zwecklosen Verrichtungen nachgeht..., also ein Haus wie dieses verläßt und in ein Haus wie dieses zurückkehrt und in seinen Kräften restlos gebunden durch einen stumpfmachenden und letztendlich ganz hoffnungslosen Kampf gegen allen liegengebliebenen und liegenbleibenden Substanzdreck..., ganz abgesehen also davon wird er ohne eine mit der Zeit sich in die Verbrauchsbeschleunigung treibende Dosis Sedativum, die er immer bei sich zu tragen haben wird und wahrscheinlich jetzt schon bei sich trägt in einem kleinen Tütchen aus Silberpapier in der Brieftasche hinter den Scheinen und Geldcards, auf die es eh nichts mehr gibt..., ohne Sedativum wird dieser Endmensch ohnehin nicht mehr weiterexistieren, was schließlich als zweiten Wirtschaftszweig die Pharmazie ruiniert. Erst erleben diese Industrien einen brillanten, alle glücklich machenden Aufschwung, und dann bringen sie die Mitarbeiterkolonnen durch Überarbeitung um und ruinieren sich mit Überforderungsproblemen. Ohne Sedativum oder zumindest ohne Alkohol oder Kettenrauchen oder Verzweiflungsvögeln, was irgendwie die Treppe herauf und in die Wohnung hereinkam, hätte ich die Jahre, die ich hier gelebt habe und gelebt haben mußte und gelebt worden bin, nicht überstanden. An dieser Berlinerstraßewohnung, die umgeben ist von einer Großküche links, aus der alles Ungeziefer dieses Breitengrades herüber- und heraufgekrochen kommt und sich, wie ich sehe erfolgreich, eingenistet und ausgebrütet hat..., von einer nur Nervenvernichtung bringenden Straße rechts..., mit einem bis zur letzten Schraube veralteten Heizkraftwerk, einer morschen Kohlenhandlung und einer Campingwagenfickecke hinter dem Haus..., und mit dem Vorgelände des Bahnhofs und seinem stillgelegten Schienennetz, auf dessen verrosteten, brüchigen Gleisen ein paar vergessene, von Moosen befallene und gewaltsam aufgebrochene Vorkriegswaggons stehen, in denen verwahrloste Kinder Erwachsenenspiele treiben und mit wilden, alterskranken Katzen sprechen, vor dem Haus..., an dieser Berlinerstraßewohnung in diesem Berlinerstraßehaus, in dem es von einst acht Mietern nur noch zwei und mit mir drei Mieter gibt und in dem bereits fünf Mieter entweder gestorben oder verschollen oder zwangsausgesetzt sind..., an dieser Berlinerstraßewohnung führt auch noch die Parthe vorbei, und was das bedeutet, kann nur ein Geruchszeuge wissen. Aber während eine Augen- oder Ohrenzeugenschaft in Sprache gebracht mitgeteilt werden kann, kann eine Geruchszeugenschaft nicht mitgeteilt werden, und das ist mehr als innerhalb aller existierender Informationssysteme skandalös. Skandalös, weil diese Halbmillionenstadt zu einem Großteil aus Geruchszeugen besteht, die ihre schon in die Sinnesimmunität und Empfindsamkeitsabstumpfung vorangeschrittene Erfahrung, die in dieser Stadt eine zu 80 % bedeutende Geruchserfahrung und zu 20 % bedeutende Verfallserfahrung anderer Art darstellt, nicht mitteilen können, um über diese so ausgebliebene Mitteilung hin immer wieder verrottungsschaulustige Touristen zu empfangen. Wüßten diese Liebhaber des Nekrophilen, von denen es ganze Tausendschaften wöchentlich gibt, was für hochtoxische Geruchskulturen sie erwarten, sobald sie die Zug- oder Autotür öffnen, würden sie sich eher ihre neurotische Reiseabsicht therapieren lassen, als diese Stadt auch nur einen Augenblick zu betreten. Und es sind, habe ich beobachtet, meistens Japaner, die ein paar Tage länger durchhalten und von keinem Gesichtstuch geschützt im Freien herumgehen. Die Berlinerstraßegegend jedenfalls, in die sich auch ein Japaner nicht mehr verirrt, ist die wohl grauenhafteste Gegend in Leipzig, obwohl sich freilich schwer sagen läßt, was die grauenhafteste Gegend in Leipzig ist, denn Leipzig und das ganze durch Braunkohleabbau verwüstete und durch desolate Industrie verunstaltete Umland von Leipzig sind eine Ineinanderschachtelung grauenhafter, sich im Verwesungszustand befindlicher Gegenden, die mal hier, mal dort helle, freundliche Stellen aufweisen, an denen alle Industriestadtmenschen an den Sonntagen sich treffen und eng wie in einer Schlacht aneinanderkleben. Was aber die Berlinerstraßegegend neben allem Genannten noch zusätzlich unerträglich macht, ist ihre unmittelbar von der Parthe durchzogene Lage. Was die Parthe einmal in früheren Jahrhunderten war, wird in Geschichtsbüchern stehen, heute ist sie nurmehr ein wie durch ein Naturwunder noch fließfähig gebliebener Fäkalienbrei. Zu dem allgemeinen Schicksal, das die Parthe mit den anderen Flüssen der Stadt und der Gegend teilt, Opfer eines großangelegten Naturverbrechens zu sein und innerhalb eines gewaltigen Naturverbrecherplanes zur Transportrinne von Produktionsrückständen verwahrlost zu sein, kommt noch das besondere die Parthe betreffende Schicksal hinzu, durch den Zoologischen Garten zu fließen und alle Auswürfe und Ablassungen aufnehmen zu müssen, die ein zoologischer Garten mit seinen geschundenen, versklavten und zwangsdomestizierten Tieren verursacht. Und ich werde, von hier aus, von diesem Ort aus, an dem ich mich nur noch schmutzig machen kann, vom Fenster dieses Raumes aus werde ich es noch zu sehen bekommen, wie die Parthe an dem Dreck ersticken und ins schöne Erdreich absacken wird.

Das Argument und sein Hintergrund

Andere Arbeiter, ein anderer Herbst

Unverständlich und klar
liegen in ihrer Geschichte
die Dinge begraben.
Alles hat seinen Anfang
und seinen Krebs –
eine Empfindung von gestern
zur Stunde. Die Frau
und ihre gealterte Katze,
in deren Körper die Zeit
sich bewegt, zählen die Schnitte
auf der Platte des Tisches
den Tagebuchseiten
hinzu. Im Hintergrund
das bekannte Geräusch
der Fabrik. Andere Arbeiter,
sagt man, ein anderer Herbst,
wie es im Buch steht
und vorauszusehen war.

(*September 1989*)

Als ich dieses Gedicht schrieb, war an politische Veränderungen nicht zu denken. Es ist ebenso statisch und unterkühlt wie der Hintergrund, auf dem es entstand. Der vorherrschende Lakonismus und der Verzicht auf lyrische Arabesken lassen schnell einen illusionslosen Verfasser erkennen, der sich mit den Dingen abgefunden hat und nüchtern reflektiert. Nur in der Weise, einen Augenblick, einen Sekundenvorgang mit Bedeutung zu besetzen, gibt er seine Existenz zu erkennen. Indessen greift er in den Vorgang nicht ein, bleibt er hinter den Sätzen, die ihn vermitteln, verborgen. Seine passive Konstitution wird zum Verbot, als Subjekt im Text zu erscheinen, und vielleicht ist das schon die zur poetischen Strategie gewordene Erfahrung, als einzelner aus einem homogenen Diskurs des Staates und der Macht ausgeschlossen zu sein. So hat das Gedicht seinen Intertext in der Struktur seiner Wahrnehmungen, in seinen Kontakt- oder Verschlußpunkten, im Organisationsprinzip der Details, im kurzen Rhythmus der Sätze, im Verhältnis von äußerer und innerer Zeit, von Bewegung und Stillstand. Das Zentrum bildet der 3. Satz, der über die Zeilen 7 bis 13 läuft und auch optisch den Mittelpunkt bildet. Durch ihn erklären sich die Sätze 1 und 2 als monologisierende Behauptungen einer Reflexionsfigur, die man sich der Frau gegenübersitzend vorstellen kann. Eine Situation der Wiederholung, wie sie jeder hinlänglich kennt: Zwei Menschen begegnen sich nach längerer Zeit wieder, und ihre jetzige Sprachlosigkeit scheint bruchlos an jene anzuschließen, der sie im Augenblick des Auseinandergehens erlagen. Es gibt nichts zu erklären, nichts zu verstehen, die Handlungen kennen nur ihre Bilder, nicht ihren Sinn. Und während er im Zusammenhang der Zeit denkt, deren Gesetz der stete Wechsel von Entstehung und Auslöschung ist, befindet die Frau sich in einer dem Tode nahen Erstarrung, die das Warten auf ihn bewirkt hat. Gleich einer durch Erschütterung stehengebliebenen Uhr hat sie sich selbst überdauert, so daß die symbiotisch zu ihr gehörende Katze einen Lebensverlauf sichtbarer macht als sie. Die Katze paßt sich ebenso untrennbar in ihre Existenz ein wie die unerfüllt gebliebene Sehnsucht, die zu dem demütigenden Zustand des Wartens und der allmählich verblassenden Hoffnung geführt hat. Die Kraftlosigkeit und Apathie, in der die Frau jetzt erscheint, verrät die Intensität, mit der sie geliebt und empfunden haben muß. Allein in der knappen und einzigen Bewegung, die sie vollführt, als sie mit den Augen und vielleicht noch mit dem Zeigefinger die Schnittlinien auf der Tischplatte zählt, fallen die Existenzmomente Liebe und Tod zu einem Augenblick zusammen. Dieser Augenblick, dieses kaum wahrnehmbare Ereignis ist das initiale Moment für das Gedicht und zugleich aller äußere Vorgang. »Im Hintergrund/das bekannte Geräusch/der Fabrik.« Die Geschichte der Bilder geht weiter und folgt dem Gesetz ihrer Zeit, vor dem diese Begegnung, dieser Augenblick einer Begegnung ebenso dem Nichts gleicht, wie er das Sein als eine Totalität zu fassen bekommt. Und wie der Herbst nur eine andere Jahreszahl trägt, so sind die aus dem Fenster zu beobachtenden Arbeiter nicht veränderte, sondern andere Arbeiter. Innerhalb der Stringenz des Textes verführt nichts dazu, etwas in Bewegung oder gar in Wandlung zu sehen. Die Dinge stehen unverändert an ihrem gewiß fragwürdigen Platz und werden lediglich ausgetauscht, sobald sie zu verfallen beginnen, verschleißen oder sterben. Das ist von jedem überschaubar und vorauszusehen. Dieses sich auf einen Punkt, auf einen Erfahrungsmoment hin zusammenziehende Gedicht gibt sich nicht gleich zu erkennen; fast könnte man sagen, es leugnet seinen Inhalt. Eher bringt es sich in eine gewisse Schwerelosigkeit und Schwebe, da es sich Realitätsverletzungen gestattet: die anthropomorphe Katze, die Zeit als eine materielle Bewegung, die imaginären Tagebuchseiten, das nicht bezeichnete, aber mit einem bestimmten Artikel versehene Buch. Die Uneigentlichkeit und leise Irrealität tarnt sich mit einem spröden, sachlichen Ton, durch den sie als etwas Bekanntes erscheint. Der Gedichtstoff indessen entzieht sich einem vorschnell zu entdeckenden Sinn, läßt einige Unverbindlichkeiten zu und vermittelt vage, daß in ihm Zeit, Liebe und Hinfälligkeit, Sehnsucht und Trauer aufgehoben sind. An keiner Stelle aber hat das Gedicht ein politisches Motiv, auch wenn es vielleicht ohne eine bestimmte politische Lage nicht oder anders entstanden wäre. Nun wird ihm kurz nach Entstehung der Hintergrund entzogen: das Volk des Landes, das bis dahin in der gleichen Erstarrung lebte wie die Frau im Gedicht, ist in eine Bewegung geraten, die sich bis zum Taumel beschleunigt und alles hinwegreißt, was scheinbar dauerhafte Gültigkeit hatte. Damit verändert das Gedicht seine Wahrheit und paßt sich, plötzlich dem Verfasser entglitten, auf schon chamäleonische Weise seinem neuen Hintergrund an. Ebenso wie es die Zeit der Veränderungen und Bewegungen auf diese Art überstehen wird, um später die Urform des Diskurses zurückzuerlangen, zeigt es, wie sehr Text und Situation einander bedingen. Es zeigt, wie sich ein Text am Bedeutungsgefüge der Situation, auf die er trifft und in deren Malstrom er gerät, verändert, wie er seine Spannungszentren verlagert, die Kongruenz seiner Teile verliert, vielleicht an Dichte einbüßt oder auch gewinnt. Ganz klar liest sich dieses Gedicht auf dem jetzigen Hintergrund der politischen Ereignisse politisch: Der Arbeiter ist tatsächlich ein anderer Arbeiter wie der Herbst tatsächlich ein anderer Herbst ist, die Geschichte ist nicht die Geschichte zweier Menschen, sondern die eines Volkes, das in der Frau seine Vergangenheit findet, die Fabrik ist der repressive Staat und das Buch ist ein Buch der Revolutionen. Allein das Entstehungsdatum entscheidet nunmehr das Schicksal des Gedichtes, es ist quasi der 19. und entscheidende Vers. Es zu vermerken könnte ein Schutz sein, es zu verschweigen aber hieße, das Gedicht der Situation preiszugeben und es in einen Dienst zu stellen, der es verkleinert. Weil es zitierbar ist, ist es in Gefahr, und das ist zuerst einmal ein deutsches Problem.

Die Gespräche finden nicht statt
Die DDR und ihr Mythos

Die Realwerdung des Imaginären

Ich erinnere mich eines Bildes, das zur Zeit seines Auftauchens nur symbolisch verstanden werden konnte und doch schon ein Verweis auf die Zukunft war: Im Schaufenster eines Geschäftes für orthopädische Instrumente in der Leipziger Innenstadt war über den Stütz- und Gehhilfen, Prothesen und Gelenkschutzverbänden, Kotschiebern und Urinflaschen ein Transparent angebracht mit dem Satz: »Der Sozialismus siegt, weil er wahr ist«. Was hier den Anschein erweckte, ein zufällig entstandener Witz zu sein, war bereits ohne Pointe. Das Bild war eine jener zahllosen Chiffren dafür, daß das Imaginäre real zu werden begann und daß die Idee, wo sie als Parole den Prothesen schon gleichwertig war, ihre *Wahrheit* produzierte; eine Wahrheit, die nicht, wie es im Drehbuch einer weltkommunistischen Erlöserideologie stand, das Paradiesische meint, sondern dessen negative Spiegelung. Wir haben es also nur noch mit jenen oben beschriebenen Begleitinstrumenten der Hinfälligkeit zu tun, wenn wir uns an den Ausgang der Ideen begeben. Und auch die Behauptung vom Ende der Geschichte scheint insofern gestützt, als der Realsozialismus als letzter Verwalter des Imaginären aufgetreten ist und die Utopien in sich aufnahm, die einem säkularisierten Christentum entsprachen. Genaugenommen müßte man sagen, daß das Ende der Geschichte in dem Moment erreicht war, in dem die Idee zur praktischen Realisierung ansetzte: in der Oktoberrevolution von 1917.

Von daher macht es einen nachträglichen Sinn, wenn der Staat gewordene Körper, der dieses Imaginäre zumindest rhetorisch vertrat, künstlich am Leben gehalten wurde durch einen Teil der westeuropäischen Linken, der instinktiv das Ende der Geschichte befürchtet hat; es erklärt rückwirkend die bis zur Blindheit und bis zum schuldigen Schweigen reichende Ideenbegleitung; es erklärt die Projektionsmechanismen und symbiotischen Abhängigkeiten der Systeme, die sich jeweils aus der Existenz ihres Gegenteils heraus legitimierten; und es erklärt, warum die DDR, von eben dieser linken westeuropäischen Position aus, als lebendige Kapitalismuskritik behandelt wurde und nicht als totalitäres Regime.

Nun jedenfalls ist es erst einmal mit jenem schönen Bedeutungsmehrwert, der immer als Differenz zur Idee auftritt, vorbei. Wir haben uns in einem Realen wiedergefunden, das nur noch auf sich selber verweist. Man kann auch sagen, der Organismus der Ideen ist auf das Maß seiner Metastasen geschrumpft. Die ökonomische Erblast, die uns die Ruinenkonstrukteure vermacht haben, ist dabei nur die eine Hälfte der Botschaft; die andere ist der ideelle Bankrott mit seinen Langzeitwirkungen und symbolischen Wiedergeburten. Und es befriedigt auch nicht, wenn sich diese letzte Idee, um sie hier einmal als Person zu behandeln, in ihrer *Wahrheit*, das heißt in ihrem Defekt, mit einem devoten Entschuldigungsknicks verabschiedet und von der Bühne der Ereignisse tritt. Diese achselzuckende Geste, mit der die Repräsentanten in ihre Geheimwelt wieder verschwinden, löscht nicht nur die bis eben noch geltenden Fragestellungen aus, mit denen sich dieses Jahrhundert wesentlich zu beschäftigen hatte, sondern sie formuliert, daß diese Utopie *zynisch* und als ultimativer Entwurf *relativ* ist. Und sie formuliert, darüber hinaus, allgemein: daß das *Utopische* zynisch ist und daß *ultimative Entwürfe* relativ sind.

Gerade vor dem Hintergrund autoritärer Herrschaftsstrukturen, wie sie den Osten bestimmten und wonach die *Wahrheit bekannt, historisch unumkehrbar und institutionell verwaltet* war und in denen ausgegrenzt wurde, was dieser Wahrheit widersprach, beschreibt dieses Ergebnis einen Skandal. Man erinnere nur den Zerstörungszusammenhang, in den einer für eine skeptische Neigung geriet und der nicht selten gebrochene Existenzen erzeugte. Die Fabriken sind voll von beschädigten, zur Hilfsarbeiterschaft verurteilten Biographien, deren Vergehen der Zweifel an der Gültigkeit der Wahrheit war. Über diese Biographien kann nicht geredet werden, weil sie unsichtbar bleiben. Worüber geredet werden kann, ist nichts anderes mehr als die Oberfläche der Macht. An dieser Stelle werden alle Aufarbeitungs- und Bewertungsversuche zum einseitigen Arrangement mit den herrschenden Verhältnissen, die sie reproduzieren. Nun sind die Fragenden einer Welt, in der jedes kritische Denken traditionslos war und als feindlich behandelt wurde, durch die Geschichte bestätigt, und gerade die Bestätigung ist es, die die Kränkung aktualisiert; die Examinierungen und abgeforderten Bekenntnisse, die Ausgrenzungen und sozialen Regularien: sie passierten *für nichts*. Alles, was ein beträchtlicher Teil der Menschen zu ertragen hatte, hat er *für nichts* zu ertragen gehabt bzw. dafür, den Materieausschuß mit seinen gigantischen Entsorgungsproblemen nun auch noch am Halse zu haben.

Nun zur Tagesordnung überzugehen hieße, sich eine Landschaft mit Bäumen wieder wegzudenken und durch eine glatte, unkultivierte Fläche zu ersetzen, die neu bepflanzt werden kann. Aber die Fläche ist zerstört; die Erde ist unfruchtbar, wie von einem Krieg aufgerissen und nach tiefen Einschüssen vernarbt; die Gegend, von der wir sprechen, ist für die Zukunft verdorben und durchströmt von einem

Gift, das in geringerer Dosierung vielleicht tatsächlich hätte ein Medikament sein können. Oder unmetaphorisch gesagt: das zur Moral taugliche Bewußtsein, ohne das keine Gemeinschaft langfristig lebensfähig ist, ist nicht nur beschädigt, sondern von seiner unhaltbaren Höhe des Anspruchs gestürzt und zu seinem Dispositiv geworden.

Vor allem die Debatten über die Allianz einer Intelligenz mit der Macht haben es auf exemplarische Weise gezeigt, wie ein kritisches von einem zynischen Denken überlagert und damit unbrauchbar wurde. Nicht um die aus Episoden und Personalien bestehende Dreckwirtschaft, in der jeder jedem ein Stück blutige Wäsche um die Ohren wirft, darf es gehen, wenn diese Allianzen öffentlich werden, sondern es muß gezeigt werden, auf welche Verhältnisse sie verweisen und welche Erkenntnisse aus ihnen zu gewinnen sind; ihnen muß nicht nur die Empörung, sondern vor allem die Analyse darüber zukommen, *wo, wie und wodurch* die Macht ins Innere des einzelnen dringt und ihn dazu bringen kann, sie zu *erwählen*. Denn was jetzt seine konkrete Physiognomie, d. h. seinen Namen verliert, begegnet uns, als Wiederkehr des Verdrängten, auf der Ebene der Symbole von neuem – und an Geisterzeichen haben gerade die Deutschen gewiß keinen Mangel.

Das erdrutschartige Zusammenbrechen aller ethischer Nomenklaturen hat moralische Werte mehr als nur aufgehoben; es hat sie noch in die Abgründe ihres Gegenteils geschickt und sie negativ werden lassen. Vielleicht kann man tatsächlich schon sagen: wo einmal die Immoralitäten kaschiert werden sollten, wird heute das Ausbleiben der Reaktionen auf Immoralitäten kaschiert. Auf diesem Hintergrund der Verluste, den die Ideen der Erlösung gestaltet oder besser angerichtet haben, muß sich jedes ideelle Modell zu einem leeren Signifikanten verwandeln, denn es kann seine ihm beigegebene Unglaubwürdigkeit nicht mehr überleben. Was eine Intelligenz, wenn auch schon lange nicht mehr gestalten, so doch im vorchaotischen Zustand festhalten konnte, wird quasi vor unseren Augen und zwischen unseren Händen in seine nicht-intelligiblen Urformen sinken. Dieser Befund bleibt keine Alptraumerscheinung des Ostens allein – vielmehr hat er hier, in den kaputten Schaltzentralen der Macht und der Geschichte, sein Zentrum, ist er sichtbar geworden, wirkt von hier aus, was er schließlich bedeutet: Dissimilation. Die Welt als Produkt einer Vernunft ist damit endgültig disqualifiziert. Sie hat nicht nur eine Schlacht, sie hat sich selbst verloren, und über der Wiege des Guten läuten die Glocken des Abgangs. Die Folge kann nur ein Reflex jenseits der Sprachen sein, bewußtlos und physisch. Dieser Reflex ist die Kehrseite der beschriebenen Ideen; er ist die Antwort darauf, daß das Imaginäre real geworden ist. Er kann heute die Geste der Ausländerfeindlichkeit übernehmen und morgen gegen abstehende Ohren gerichtet sein. Die Gefahr, die von ihm ausgeht, ist weniger die, Akt eines Übergriffes und damit im herkömmlichen Sinne kriminell zu sein; vielmehr besteht die Gefahr darin, daß dieser Reflex seinen Sinn permanent wechselt, wodurch die Objekte, auf die er reagiert, zufällig werden. Gerade, weil er keiner ideologischen Basis entspringt, entzieht er sich der Kontrolle. Die auf- und untergehenden, von links nach rechts pendelnden Ideologien spielen dabei nur die Rolle des Simulators mit dem Zweck der pseudorationalen Legitimation eines in Wahrheit unbezogenen Wesens. Tatsächlich aber ist dieser Reflex, durch soziale Verhältnisse und psychische Traumatisierungen dynamisiert, nicht aber entstanden, *unansprechbar*. Er ist *reines Symptom*, das die Problematisierung der Welt hervorgebracht hat und das sich an den Stellen zeigt, wo die Antworten ins Leere ausgelaufen sind.

Die Geburt des Mythos

Eine zweite Antwort auf das realgewordene Imaginäre ist der Mythos. Der Mythos führt den (nach Lacan immer erstrebten) Genuß dort wieder ein, wo er durch den *Reflex* nur unzureichend bedient wird. Im Mythos können die Ideen (und Identifikationen, auch derart, plötzlich eingebildete Identifikationen zu sein), können alle Verweisungen auf eine ersehnte Form des sinnvollen Vorhandenseins zerrspiegelhaft auferstehen – und das, ohne von einer Wirklichkeit eingeholt, überführt und bestraft zu werden. So überlebt sich das Gescheiterte, und so wiederholt sich auch die Idee als *Mythos von der Idee*. Während die Idee auf einer bestimmten Stufe ihrer Genese den Beweis ihrer Praktizierbarkeit zu führen hat, um weiterhin bestehen zu können, konstituiert sich der Mythos gerade daraus, nicht real zu sein und nicht real werden zu können; er rettet die Idee (die Inhalte), indem er deren semiotisches Netzwerk zerstört und alle Kontinuitäten in Brüche verkehrt, sich sozusagen außerhalb vernünftiger Schlüsse begibt. Auf dieser Basis werden alle Kommunikationsbedingungen gekappt, zerfallen die Informationen in hermetische Blöcke, die für sich selbst sind und in einem willkürlichen Akt der Kombination so benutzt werden können, daß sie den Sprechenden zwar vertreten, nicht aber *ansprechbar* machen. Der Mythos repräsentiert nichts anderes als die *Unansprechbarkeit*, er treibt den Ausschluß der Subjekte vor der Welt voran bzw. zeigt, daß die Subjekte ausgeschlossen sind und handeln, *wo sie nicht denken*. Was anderes haben uns die Ereignisse der letzten Jahre, vom Golfkrieg über den Zusammenbruch des Ostens bis zum Bürgerkrieg in Jugoslawien, gezeigt, als daß eine handelnde Intelligenz vom historischen Geschehen ausgeschlossen war und daß über alle Resolutionen und Interventionen hinweg und völlig unbeeindruckt davon alles *passierte*, wie wir es wahrgenommen haben. Man kann es auch weiter fassen und sagen: die Menschheit steht vor sich selbst und sieht sich, wie durch eine Glaswand hindurch, zu. Sie sieht sich handeln, und sie sieht sich als etwas Anderes und Abgespaltetes handeln, das keinen Rückverweis auf sie abgibt und rein medialer Stoff geworden ist. Die Zusammenbrüche der Systeme, die am defektesten sind, lassen keine Sieger, sondern nur noch Überlebende zu. Und wenn die Ismen an ihren Schwächen sterben und nicht an den Stärken der Gegner, so hinterlassen sie in den Überlebenden doch immer auch Spuren der Kränkung, kein Sieger geworden zu sein und das Geheimnis ihres Wirkens mit sich ins Grab genommen zu haben. Hätte eine Opposition in einem langen, aufopferungsvollen Kampf das totalitäre Gebilde gestürzt, würden wir jetzt am Anfang einer neuen Epoche stehen. Aber gerade die unerwartete Plötzlichkeit, mit der ein Weltimperium zusammengebrochen ist, das kurze, geschichtliche Fingerschnipsen, das hierfür genügte, der leichte äußere Windstoß: das ist die große Beleidigung, die stattgefunden hat. Nicht nur die Relevanz von Opposition, sondern von Handeln an sich ist hier in Frage gestellt. Es ist wie in einem Duell, auf das man sich lange vorbereitet hat und das dann nicht mehr stattfinden kann, weil der Kontrahent vorher einen Schlaganfall erleidet. Das, was Ruhm und Sieg werden sollte, ist bloßes Überleben geblieben, die Sekundanten wissen es, und das begehrte Objekt gehört, da es nicht *erobert* ist, nur noch sich selbst. Gerade das *Friedliche* und *Unblutige*, das in einer unmoralischen Ethik feierlich erscheint und in seiner Aggressionsgehemmtheit nichts ist als ein stilles Einverständnis mit den Zuständen der Macht, gerade also das *Kampflose* beendete die Rolle des Subjekts in der Geschichte bzw. zeigte, daß die Rolle des Subjekts in der Geschichte beendet ist und daß die Geschichte nur noch aus einem Austausch leerer Formen besteht, das heißt also *nicht mehr besteht*. – Als die aufgebrachte Arbeiterschaft in jenen legendären Oktobertagen 1989 im Marsch über den Leipziger Ring die Stasi-Zentrale erreichte, stürmte sie diese zunächst, um dann, vor einem schlotternden Pförtner im ausgetragenen Dienstjackett am Eingang, schon innezuhalten und schließlich Kerzen auf die Steintreppen zu stellen. Was kann diese Szene anderes zeigen als Handlungsohnmacht und Abwesenheit der Subjekte? Wenn also die Welt einmal durch ihre Revolutionen, dann durch das Spiel mit deren Werten und schließlich durch ihre mediale Simulation charakterisiert war, so ist sie es jetzt durch ihre Unansprechbarkeit.

Auferstanden aus Ruinen ...

In diese Unansprechbarkeit hinein reformiert sich nun die DDR. Wenn die DDR insofern einmal *irreal* war, als sie sich in ihrer Selbstbehauptung auf das Imaginäre berief und von den Zielen und Idealen her wahrnahm, wodurch sie jede Kontrolle über ihre konkrete Gestalt verlor und nicht nur alle Identitäten zwischen Handeln und Sprechen zerstörte, sondern naturgemäß auch sich selbst, dann konnte sie *real* in genau dem Augenblick werden, in dem sie als zirkulierender Betrieb, *der eine Tauglichkeit zu beweisen hatte*, aufhörte zu sein. Diese neue Fähigkeit zu leben verdankt sie dem Zustand, sich als Idee (deren Wahrheit der Defekt und die schließliche Auslöschung war) *vollendet* zu haben und als Mythos auferstanden zu sein wie Christus am Himmelfahrtstag. Frei davon, ein Staat sein zu müssen, und frei davon, eine Zukunft zu haben, kann sie sich in der Weise, *ein Bewußtsein zu sein*, in den Nischen und Verborgenheiten des Realen festsetzen, virtuell und unsichtbar bleiben. Mit der Zeile »Auferstanden aus Ruinen« kann es uns jetzt gehen wie mit dem Film »Wenn der Postmann zweimal klingelt« – einmal in dem Sinne, Überbringer der Schrift, ein anderes Mal selbst »die Schrift«, das Objekt der Botschaft zu sein. So also kommt dieser zweiten DDR, die nichts mehr *überbringt*, sondern *ist*, alles entgegen, was sie noch tiefer in den Boden bohren und in die Auslöschung treiben will und die Rache des Überlebenden ausdrückt. Je mehr ihre Werte disqualifiziert und ihre Repräsentanten ausgegrenzt werden, je besser kann sie sich formen, denn die Disqualifizierung und Ausgrenzung geben den Beweis ihres Vorhandenseins ab und besetzen zusätzlich noch das allgemeine Gewissen. Die Vergeltung war verpaßt, jetzt sind die Toten die Sieger. Bald werden sie hervorsteigen aus ihren Lemurenburgen, und alles wird sein wie zuvor. Oder sie sind schon hervorgestiegen, und wir haben es nur noch nicht gebührend bemerkt.

Jede Diskriminierung hat eine Koordinate, die den Diskriminierten Vorteile einräumt, bis schließlich eine positive Summe entsteht und die Diskriminierung zum Wert macht. Die Geschichte der Gleichberechtigungskämpfe hat diesen Wert, zumindest in Europa, oft genug schon freigelegt und sichtbar werden lassen; sie hat gezeigt, wie Minderheiten dann darauf bestehen, *eine Minderheit zu sein*, sobald sie in ihrem Protest Erfolg zu haben und damit als Minderheit im Bewußtsein zu verschwinden beginnen – was das legitime Ende des Protests und was das Ende ihrer *Freiheit* wäre.

Die Stabilität also, die die DDR in der Weise, ihr Mythos zu sein, heute besitzt, wird die Dauer ihrer tatsächlichen Vergangenheit weit überholen. Sie ist nun das, was sie zu Zeiten ihrer fiktiven Souveränität nicht sein konnte: *real, weil sie nicht ist.* Dieses Realsein wird, so paradox es klingt, gerade dadurch geschützt, daß die Mauer gefallen ist. Hier hat das tragische Ereignis von 1961 über das Jahr 1989 die Qualität seiner Komik erreicht. War die Mauer einmal geschaffen, um die Lebensfähigkeit einer Idee zu garantieren, was den Körper der Idee, den Staat, kaputtmachen mußte, so ist es nun die gefallene Mauer, die Leerstelle, in die hinein die jetzt körperlos gewordene Idee projiziert werden kann. Würde sie wieder errichtet – was, im Sinne eines schocktherapeutischen Programms, gar keine schlechte Empfehlung wäre –, würde das Verfallsspiel von vorne beginnen, nur eben schon nach 40 Tagen beendet sein. Es sei denn, es fänden sich wieder äußere partizipierende Kräfte, die die Utopien begleiten, den Sterbensgang verlängern und die Oppositionen abziehen. So ist nun durch Entgrenzung die DDR zu einem Zustand, zu einem Faktor geworden, durch den auch die alte Bundesrepublik nicht mehr dieselbe ist. Ihr ist nicht nur ein Gebiet und eine materielle Hinterlassenschaft zugekommen, sondern auch der Mythos, der bequem alles in sich aufnimmt, *was nicht war und was nicht ist*. So, durch den Mythos mit seinen beliebigen Kohärenzen und gekappten Kommunikationsbedingungen hindurch, kann sich jeder in seiner Position, Erfahrung, Stellung usw. *als Wahrheit* legitimieren und abkapseln vor den Fragen der Welt. Er kann sich *unansprechbar* machen und jede Form der Selbstauseinandersetzung, Klärung und Verantwortung von sich weisen. Er kann, kurz gesagt, erklären: *daß es ihn gar nicht gab*. Und warum auch sollte es diesen in die Erklärungsrolle gebrachten einzelnen geben, wenn es seinerzeit keine DDR gab? An dieser Stelle sind alle Gesprächsmöglichkeiten, sind alle Dialoge zerstört. Anstelle dessen tritt das indifferente *Rauschen der Wahrheiten* im Kampf der Biographien, wird die Vergangenheit vertikal in die jeweiligen Positionen zerschnitten – je nachdem, auf welcher Seite einer stand und ob er zur Aufseherschaft zählte oder zum

Insassen dieses Systems, ob er den Takt gab oder das Ruder bediente. Im Boot waren alle, aber sehr verschieden war doch die Perspektive aufs Meer und war die Erfahrung der Fahrt. Die Zeiten werden es bringen, wer wessen Leben beherrschen wird. Im Moment werden die Opfer getötet (denn sie waren ja schon einmal jenseits der Geschichte der Macht – wie sollten sie auch jetzt in ihr eine Rolle erhalten). Das sieht dann ganz so aus wie in einem Gedicht von Yaak Karsunke: »die täter – so hört man – sind nicht / nur bereit ihren opfern / voll zu verzeihen nein mehr noch // sie sind entschlossen / die vergangenheit ruhen zu lassen / den blick nach vorne zu richten / & mit ihren opfern gemeinsam / einen neuen anfang zu wagen // gänzlich unbelastet von ihren / früheren taten.« Das heißt, die alten Herrschaftsverhältnisse gestalten sich wieder in denselben Mustern und Prioritäten, nur komplementär zur geltenden Ordnung, und möglicherweise werden sie auch die Ordnung noch kippen. Jetzt ist dissidentisch, was einst Dissidenz im allmächtigen Anspruch auf Wahrheit bekämpft hat, dem ehemaligen Polizeioffizier gleich, der kürzlich in Dresden als illegaler Waffenhändler aufgeflogen ist, oder gleich der gesamten Überbauseilschaft, die ihr Beziehungs- und Machtnetzwerk in den Untergrund verlegt hat oder als Untergrund auf der Oberfläche des öffentlichen Lebens konspirativ wirkt. Ein Spiel mit vertauschten Rollen, die dem Gegner den Vorteil einräumen, die Partie an allen Ecken und Enden willkürlich beginnen und unterbrechen zu können, ohne selbst angreifbar zu sein, denn er besitzt die Tarnkappe der Irrealität. Um es als Beispiel zu sagen: die PDS im Bundestag ist nichts, im Erdreich alles. Das Partisanentum, das uns einige Spitzenfunktionäre von gestern vor einer vollkommen überforderten Gerichtsbarkeit demonstrieren, wenn sie auf mitleiderregende Weise in sich zusammengesunken im Stand der Anklage sitzen und der Welt noch einmal die internationalistische Faust entgegenhalten, ist nicht nur eine in ihrem Anachronismus lächerliche und in ihrer Verlogenheit peinliche Gebärde, es bindet unmerklich auch Gefühle von Solidarität, die man einem hoffnungslos Unterlegenen gegenüber naturgemäß hat. Der Grund für die juristische Situation scheint dabei schnell in Vergessenheit zu geraten, zumal er ohnehin nur für die Opfer von tatsächlichem Gewicht ist. Dieses postmodische Partisanentum, und hier wird es schon noch etwas ernster, bündelt zugleich auch noch einmal die Spuren der Ideen, die als Alternative zur Welt in ihrem faktischen Sein, oder konkreter noch, die als »Kapitalismuskritik« galten. Utopische Imperative, so unkontrollierbar die Folgen auch sein mögen, die praktisch aus ihnen erwachsen, wird es geben, solange es Menschheit gibt. Indes zuzulassen, wie abermals eine politische Spezies sich ihrer mit dem Anspruch bedient, sie weiterhin zu verwalten und auserwählt zu sein, sie als Person zu vertreten, während doch gerade ihre Herrschaftspraxis es war, die die Ideen zum Ende geführt hat, kommt einem Selbsthinrichtungsakt gleich und eskamotiert die Demokratie. Indem jene mit den demokratischen Argumenten umgehen können, die praktisch gegen sie wirkten, geht ins Recht ein, was Unrecht ist, und geht in die (vielleicht gerade noch äußerlich funktionierende) Moral ein, was Immoral ist. Bei aller Relativität der Begriffe: ein Rechtsstaat kann mit einer Diktatur und deren Folgen nicht umgehen, und genau das pervertiert ihn. An diesem Schnittpunkt der verschiedenen »Fließgeschwindigkeiten der Geschichte«, die, wie nach dem Durchlauf durch eine Schleuse, transformiert werden sollen, kann die Demokratie nicht praktisch sein bzw. wehrhaft, wie es Habermas fordert, weil sie herausgefordert ist, wo sie in ihrer Empfindlichkeit nicht mehr zu handeln versteht: in ihrer Moral. Aufs Bild gebracht ist sie der Idiot, der nach einem Schlag noch die andere Wange hinhält und der bald schon nur noch deshalb Schläge bezieht, weil er so dumm reagiert. Was also hieße das anderes, als die Debatte, soll sie zu einem demokratischen Ende kommen, mit den Argumenten der Diktatur zu beenden? Andernfalls, und das ist die Situation, sind wir im innersten Wesen der zweiten DDR, im *Mythos*, der die Regeln brechen darf, wo er will, und der sich erschafft, indem er sie bricht.

Und vielleicht ist auch schon die Demokratie an diesem Mythos interessiert, weil es sie nicht mehr gibt und weil sie so vortäuschen kann, daß sie vom Mythos – also von außen – vernichtet worden ist und nicht von sich selbst.

Einige Figuren des Mythos

In einem Brief an Ministerpräsident Stolpe schreibt Egon Krenz u. a., ich zitiere die *FAZ* vom 14. 4. 93: »Stolpe gehöre zu den Politikern, die genau wüßten, daß im Herbst 1989 bürgerkriegsähnliche Auseinandersetzungen auch deshalb vermieden worden seien, ›weil die Angehörigen des MfS, des Innenministeriums, der Grenztruppen und der Nationalen Volksarmee Besonnenheit gezeigt und die SED- und Staatsführung Vernunft bewiesen haben‹.« Dieser rhetorische Kopfstand gelingt dadurch, daß die zwei Vokabeln »Besonnenheit« und »Vernunft« eingeführt werden, wo richtiger »Handlungsunfähigkeit« und »Agonie« zu stehen hätte. Das Thema, die schuldhafte Ruinierung einer Kultur, mündet durch einen Taschenspielertrick in die Frage: wie hoch ist die Rente des Schlächters? Wären Besonnenheit und Vernunft der Regierung eigen gewesen, dann hätte es keine Szene gegen die Regierung gegeben. Vielmehr waren sich die Regierenden darüber im klaren, daß es sie in einem Verhältnis zur Macht nicht mehr gab und daß diese Machtlosigkeit auch ein militärischer Kraftakt nicht rückgängig machen konnte, zumal man sich im Zentrum Europas und nicht beispielsweise in Asien befand. Allein der Verzicht auf eine Eskalation versprach, vom sinkenden Schiff noch herunter und ans Festland zu kommen. »Die undifferenzierte Bewertung der DDR als ›SED-Diktatur‹ und ›Unrechtsregime‹ trage doch auch dazu bei«, heißt es weiter, »daß viele ehemalige DDR-Bürger Zweifel am Lebenssinn hätten, an Depressionen litten und politische Apathie übten.« Der Protagonist der Indifferenz und des totalen Anspruchs auf Wahrheit a. D., durch den zwei Drittel eines Volkes über 40 Jahre »Zweifel am Lebenssinn« haben mußten, an »Depressionen litten« und »politische Apathie« übten, klagt moralische Normen ein, die auch dank seines Beitrages einmal abgeschafft waren. Das muß man erst einmal verdauen, zumal die Rede natürlich nur jene in Obhut nimmt, die ihre Privilegien bedauern. – Dieser Brief, vor allem das, was er, über seinen Inhalt hinaus, *bezweckt*, nämlich *die DDR zu rekonstruieren*, ist nur ein Beispiel. Der ehemalige Vorsitzende des Schriftstellerverbandes der DDR, Hermann Kant, wäre ein weiteres Beispiel, wenn er bei einer öffentlichen Tagung die »freie und faire Rede und Gegenrede« einfordert. Belassen wir es dabei. Günter Kunert hat in seinem Essayband *Der Sturz vom Sockel* jene treffende Parabel für alle diese Fälle gefunden, in der »nach der Wende« ein politischer Funktionär namens »Königsberger« bei ihm auftaucht und dem einst drangsalierten Dichter erklärt: die Schikanen gegen ihn wären schließlich nur in der guten Absicht vollzogen worden, ihm das Leben in der kreativitätsvernichtenden DDR unmöglich zu machen, damit er seine Schaffenskraft rettet und verschwindet. »Schließlich«, so der ungebetene Gast, »schließlich konnte ich den Künstlern doch nicht raten, das Land zu verlassen. Unmöglich in meiner Position. Was aber, da ich ja deren künstlerische Potenz erhalten wollte, sollte ich tun? Es blieb mir nur die indirekte Methode: Die Künstler mußten so lange gezwiebelt und kujoniert werden, bis sie das Weite suchen würden – nur im Weiten, im geistig und ästhetisch Grenzenlosen lag ihr Heil.« Das Ende dieser Geschichte ist klar und trifft sich mit den Schlußfolgerungen des Briefschreibers Krenz ganz vorzüglich: »Die Werbung, die ich im Schatten meines ministeriellen Büros für Sie getrieben habe, ist unbezahlbar. Ich rechne daher mit Ihrer Großzügigkeit, schließlich sind Sie ein anständiger Mensch, der meine Leistungen, für die ich bisher nur üble Nachrede geerntet habe, wohl zu würdigen wissen wird...« – In einem Fernsehbericht über die Stadtplanung Berlins jammerte eine Frau darüber, daß der Palast der Republik, der ihr plötzlich ein identifikatorisches Symbol geworden war, abgerissen werden soll. Er hätte, sagte sie, doch viel mit ihrem Leben zu tun. Auf den Einwand, daß er asbestverseucht und praktisch nicht länger zu benutzen sei, antwortete sie: »Aber man konnte doch einmal so gut in ihm essen.« War an den vorherigen Beispielen noch die *Unansprechbarkeit* des Sprechenden zu entdecken und konnte der *Mythos* gefunden werden, da die Manipulation auf der Ebene der Ableitungen, d.h. im Zwischenglied der Argumente, lag, so stürzt hier, was sinnvolles kommunikatives Handeln ist, vollkommen zusammen. Die Bemerkung, die diese Frau macht und mit der sie radikal die Gesprächsbeziehung aufkündigt, ist eher schon dem stummen, physischen *Reflex* jenseits des Sprechens zuzurechnen als dem *Mythos*. Alles, was der Reporter jetzt noch sagen könnte, müßte außerhalb aller logischer Folgen liegen, etwa derart: »aber an den Frittenbuden werden doch immerhin noch Plastikgabeln verteilt...«

Ja, wir sind im Irrsinn, wo er verspricht, klinisch zu werden. Immerhin ist der Mythos ein komplizierter Organismus, der intelligible aber paranoische gedankliche Operationen erfordert – weshalb er für eine sprachlose Masse, die eher physisch reagiert, auch nur bedingt in Frage kommt. Die Übergänge zwischen *Reflex* und *Mythos*, die beides Antworten auf das realgewordene Imaginäre darstellen, sind, wie zu sehen ist, fließend.

Der ganze Sinn also, der sich aus dieser Bemerkung über das gute Essen im Palast der Republik für diese Frau ergibt, ist, die *Klage* zu behaupten und sie vor einer Überprüfung zu retten. Die Klage ist zum Teil des Genießens geworden, das sich auf den Mythos beruft. Da die Klage selbst der Wert ist, müssen deren Argumente hermetisch bleiben und muß die Person unansprechbar sein, denn nur in den kommunikativen Leerstellen hat der Mythos seinen Platz. Auf weitere Beispiele ostdeutschen Klagens – nimmt man sie dort, wo sie ihre Berechtigungen haben, behutsam in Schutz und meint die *Klagen des Mythos* –, ist zu verzichten.

Die Stasi ist eine Metapher

Gerade in den Rechtfertigungsschriften ehemaliger Stasileute im Zweitberuf – die, und das ist ihr Wiederholungsvergehen, erst zu Bekenntnissen ansetzten, als es durch die äußere Lage zwingend geworden war –, findet sich eine ganz ähnliche DDR-Tauglichkeit im Sinne der Benutzung des Mythos.

Die Mitarbeiter des MfS waren ohnehin, und jeder wußte es, die schwarzen Barone, denen man auswich bzw. auf die sich einzulassen bekannte Konsequenzen nach sich zog. Sie konnten beobachten, beschädigen, peinigen, verbieten und verhaften usw., aber zerstören konnten sie im Grunde nur, *was einer zerstört haben wollte*, denn sie waren, wie jede okkupierende Macht, nur von *außen* wirksam und *jenseits der Freiheit*. Das war ihre ohnmächtige Lage, denn das Begehren erfüllt sich nicht am Objekt, sondern daran, daß das Objekt *will* und sich als *Freiheit* vergibt. Gewiß konnte man auch erpreßte Spitzel unterhalten, aber das ging im Sinne des Anliegens nicht gut und erledigte sich rasch von selbst. Das heißt: nicht die Stasi – *ihr Erfolg*, also die IMs, *ist das Problem*, denn sie waren *frei*, zu tun, was sie taten, und sie haben diese Freiheit benutzt, Vertrauen, Privatheit, Freundschaft und Liebe zu brechen, sie sind ins *Innere* gedrungen, dorthin, wo die okkupierende Macht keinen Zugang mehr hatte, und sie sollten, wenn sie heute darüber reden – sofern sie überhaupt darüber reden –, über eben diese *Freiheit* reden und über nichts anderes. Aber genau darüber reden sie nicht, und genau deshalb höre ich nicht mehr zu.

Einen DDR-Tauglichkeitstest mit einer glatten 1 bestanden (und früher hätte es das »Abzeichen für gutes Wissen« in Gold dafür gegeben) hat, beispielsweise, Rainer Schedlinski, wenn er in einem Vers schreibt: »Die einzigen die nicht beim Stasi sind sind die/die dabei sind.« Die Erklärung kommt uns dann, und unterdessen wissen wir auch die Zeile des »Gerhard« richtig zu lesen, in Prosa: »Es wäre zu einfach, wollte man annehmen, engagierte, gutwillige und stasiferne Menschen hätten immer wieder etwas durchzusetzen versucht, und die Aufgabe der Stasi sei es gewesen, das zu verhindern. Sie entschied (...) ja nicht nur über Verbot, Zensur und Verfolgung, sie entschied genauso über Erlaubnis, Nicht-Zensur und Tolerierung.« Dieser pseudo-dialektische Schluß (denn alle Äpfel sind zwar Obst, nicht alles Obst aber sind Äpfel) mogelt nun hintenherum die falsche Tatsache ein, daß sich alles, was war und sein konnte, nur im Prisma der vom Staat abkommandierten Institution, dem MfS, bündeln und verteilen konnte. In diese konstruierte

Unabänderlichkeit, durch die die Stasi, als wäre sie ohne Menschen gewesen, sich zur Hyperrealität geriert, verschwindet, wie es gewollt ist, das freie und verantwortliche Subjekt. Und es zieht durch diese Behauptung alles das mit in die Ungültigkeit hinab, was *außerhalb* und *unabhängig* vom Stasi existierte – und das war, sichtet man die Ergebnisse, eine ganze Menge. Mehr noch bringt sich der Akteur als ein Oberschlauer hervor, der im Namen des Guten, wie es nun einmal notwendig war, das Böse benutzte und der nun zum Märtyrer geworden ist in einer undankbaren Welt. (Wir erinnern uns noch an den Herrn »Königsberger« bei Günter Kunert?) Ganz ähnlich liest sich das Interview vom 22.5.93 in der *Frankfurter Rundschau* mit Heiner Müller über dessen Stasi-Kontakte. Da heißt es am Schluß auf die Frage: »Wenn man nun den kulturindustriellen Schein zertrümmert, dann begegnet man den Schrecken der Existenz und dem Schmutz?« Müller: »Das war eigentlich für mich meine Rechtfertigung auch für die Kontakte mit der Staatssicherheit: Ich habe nicht das Recht, rein zu bleiben in einer schmutzigen Welt.« Man denke sich diesen Satz in seiner Umkehrung, nach der es eine Pflicht gibt, schmutzig zu werden, und läßt das Blatt, irgendwie eher müde als deprimiert, aus den Händen sinken. Was gezeigt werden soll: diese ganze Stasi-Debatte ist eine Metapher. Wir befinden uns in den Eingeweiden der DDR als ein *Bewußtsein* und als *Mythos von DDR, von Idee und von Geschichte*.

Wie und worüber sollen wir nun eigentlich sprechen?

Roland Barthes hat einmal die Sprache vom Sprechen getrennt. Während das eine ein festes und geregeltes System mit einer bestimmten Anzahl von Elementen darstellt, also institutionell auftritt, ist das andere ein individueller Akt der Selektion, Kombination und Aktualisierung. Das heißt, daß es eine bestimmte Reihe von Sätzen gibt, die der Sprache angehören und die der einzelne nicht mehr zu kombinieren braucht. Je größer diese Reihe wird, und sie wird nirgends so groß wie in totalitären Gesellschaften, um so geringer bleiben die Möglichkeiten des Sprechens, das zugleich Züge des Konspirativen übernimmt. Nun herrschte in den öffentlichen Räumen des Sprechens fast ausnahmslos die Sprache, und was als Sprache zu benutzen war, war paradox. Aber dennoch transportierten diese paradoxen Sätze im Zwischenglied Elemente des Sprechens, sie *unterliefen* ihnen, man hörte und spürte sie heraus, man las sie zwischen den Zeilen, so daß die Information, die weitergeleitet war, im Subtext erschien, im Schatten der Wörter. Die Vereinheitlichung von Sprache und Sprechen hat es jedenfalls zustande gebracht, den Satz in seinen falschen Bedingungen zu verstehen. Die Unterstellung, daß einer etwas anderes gemeint haben mußte, daß im verlautbarten Unsinn ein Sinn auf seine Aufdeckung wartete, ja daß die Sprache, wo sie ein vergesellschaftetes Sprechen gewesen ist, nur äußerlich einebnet, was in Wahrheit seine privaten und richtigen Verweisungen hat..., diese Unterstellung hat zugleich blind für die Wahrheit der Sprache gemacht. Der Dumme war so immer etwas klüger als das, was er sagte, der Opportunist immer etwas weniger opportun und der Dissident immer noch dissidentischer. Die Losungen der Transparente oder die Schlagzeilen der Zeitung, kurz gesagt das, was das öffentliche Sprechen in seiner Kongruenz mit der Sprache war, *mußte* seine Unterschichten, Anspielungen und Oppositionen haben. Und genau das war die andere Seite der Utopie, denn es gab keine Metasprache. In den Leerformeln hat sich die Leere ausgesagt, und das war alles. Wenn die Sprechenden oft glaubten, sie begegneten sich nur zwangsläufig auf der Ebene der verhinderten Kommunikation und

könnten durch geschicktes gegenseitiges Vorbeireden einander sinnvoll sich treffen – und allein von daher wird heute auch so gern erinnert, alles wäre einmal »ehrlicher«, »solidarischer«, »aufgeschlossener« gewesen –, dann war dieser Kontakt die Illusion von Kontakt, die zumindest ruhigstellte, nichts aber löste und die Mißverständnisse in allen Bereichen und auf allen Ebenen über Jahrzehnte verschleppt hat. Dieses dort geglückte Gespräch, wo die Sprechenden sich auf eine komplementär bedienende Art falsch verstanden haben, ist nun zu Ende und aller Frieden damit vorbei. Ein trauriges Gestammel beginnt, denn die Sprache hatte das Sprechen okkupiert, und es steht jetzt, wo es gilt, sich und seine Einzelheit zu erklären (und im Sinne der entdeckten Konkurrenz auch erklären zu müssen), nicht zur Verfügung. Die alle vereinheitlichende und scheinbar vereinigende kommunikative Struktur, die in Wahrheit nur entindividualisierte, ist zusammengebrochen, und damit auch eine bestimmte Art von Schutz. Der schöne metaphorische Satz »Der Sozialismus siegt, weil er wahr ist« beispielsweise gibt kein gesichertes Versteck für Stummheit und Verlogenheit, gibt keine Projektionsfläche für private Interessen mehr ab. Mit dem Ende der Ideen ist auch ein aus ihnen hervorgegangenes Kommunikationssystem zusammengebrochen, das gerade in seiner Perversion *funktionierte*. Die künstliche Folie, auf der die Distributionen des Wissens und der Werte stattfanden, ist verloren, und an ihrer Stelle steht kein gültiger Ersatz. Gerade bei nun ganz auf ihren braunen Hintergrund zurückgeplumpsten Funktionären kann man es beobachten, wie die einstige Offizialsprache in ein dumpfdeutsches Gemurmel mit Vokabeln, die von Ehrabschneidung über Rufschändung bis Judaslohn reichen, versickert. – *Wie* also wollen wir unter diesen Bedingungen sprechen und *worüber*, wenn auch die psychischen Energien für eine Vergangenheitsbewältigung im

Sinne einer Bewußtwerdung, auf die unterschiedlichsten Strategien der Abwehr und Rationalisierung spezialisiert, vollkommen fehlkanalisiert sind? Die Sätze bleiben so nur leeres, nutzloses Kapital, und aus einer gigantischen Entwirklichungsmaschine rieselt nichts als sinnloser, irrealer Wortstaub, der, wie Schnee auf eine Landschaft herabfällt, die Geschichte begräbt und auch noch vergessen läßt, daß es sie einmal gab.

Aber hätte es denn *diese Geschichte* mit ihren Fällen, Beispielen und Personen jemals gegeben, wäre nicht alles von einer Beschaffenheit gewesen, wie sie sich jetzt wiederholt und nur in ihrer Sichtbarkeit auftritt? Warum und durch welche gleichsam mutierende Qualität sollte nun ein Gespräch funktionieren, dessen Taktik die Verweigerung ist? Ist nicht dieser Anspruch schon primitiv und naiv insofern, als er im Dienste des pseudomoralischen Pathos die Bedingungen des Sprechens leugnet und damit ausschließt, daß das Gespräch vielleicht tatsächlich einmal zu führen sein könnte? – Denn *was* kann ich *wem* denn eigentlich sagen, das er nicht schon von mir wüßte, würde er es wissen *wollen*?

Wir befinden uns, auch wenn diese Nachricht noch nicht überall angekommen ist, in einem (noch symbolisch ausgetragenen) Bürgerkrieg, der aus den Differenzen der (paranoisch produzierten) Wahrheiten und der fiktiven Biografien entstanden ist und alle Klassen, Schichten, Zugehörigkeiten, Positionen und Sozialisationen gegeneinander arbeiten läßt. Diese Risse und Spaltungen mit Aufklärungsehrgeiz zu übergehen, kann nichts anderes heißen, als sie unter den Ansprüchen hinweg zu vergrößern und tiefer noch ins Körperliche abzuschieben, als sie es ohnehin schon sind. Im Versuch, nicht auch noch zu adoptieren, was uns trennt und zerstört, wäre es doch besser, sich in den Abständen wahrzunehmen und alle Mauern wieder hinzuzudenken, die es nur in unserer Sprache nicht geben darf. Das ließe den Mythos wenigstens dort, wo er wütet.

Ich, beispielsweise, gebe gern zu, bei tatsächlich schon viel zu vielen und mir auch einmal sehr wichtigen Menschen, die meine Lebensbahn kreuzten, kein Interesse an einem Gespräch mehr zu haben, das nur noch in Beherrschung und Unterwerfung gegliedert sein könnte. Vielleicht läßt sich so, wo wir die Differenzen ertragen und schweigen, Deutschland doch noch verhindern.

Die Stasi
Eine dauernde Realität

Wo moralische Kriterien aus den ästhetischen Diskursen zu verschwinden beginnen, gilt es, sie zu behaupten. Andernfalls verlieren die Produkte, und die literarischen zumal, ihre Spuren an Sinn, lösen sich in wohlgefällige Spielerei auf und fügen sich ein ins Ensemble der Entbehrlichkeiten. Dann trifft im allgemeinen zu, was Flaubert einmal über die Rolle des Theaters gesagt hat: eine Erfindung der Polizei zu sein, um die Leute festzuhalten. Eine zynische Vernunft kann das feiern, eine ethische nicht. Die Beziehung, die eine meinungsbildende Intelligenz zur Macht unterhält, mag entscheidend sein für das Niveau einer geistigen und politischen Kultur. Dieses Beziehungsnetzwerk zu kontrollieren bleibt den Eliten, solange ihnen noch Bedeutung zukommt, eine unabänderliche Pflicht. Und auch wenn es zunehmend auf Widerwillen stößt: diese Untersuchungen anzustellen wird am dringlichsten dort, wo die Bewegungen zwischen Macht und Intelligenz am einsichtigsten geworden sind – in der zur Parabel tauglichen Dichter-Stasi-Debatte der verendeten DDR. Dabei geht es nicht um persönliche Verfehlungen und moralische Hinfälligkeiten, sondern um das Scheitern theoretischer Programme. Dieses Scheitern nun war nicht Immanenz des Programms, sondern ein Scheitern des Programmierers: das ist der moderne Skandal, der sich uns bietet. Die verlorene Glaubwürdigkeit der literarischen wie pragmatischen Aussage dadurch, daß ihr Verfasser gegen

Anmerkungen zu einer Debatte aus Anlaß der Anthologie *MachtSpiele*, hg. von Peter Böthig und Klaus Michael, Reclam Verlag Leipzig, 1993 sie verfuhr, hat der Literatur irreparable Schäden zugefügt. Geistesgeschichtlich betrachtet war beispielsweise Gottfried Benn mit sich durchaus im reinen, als er seine Funkessays für den Nationalsozialismus schrieb, und man kann ihm alles mögliche, nicht aber Gesinnungsverrat vorwerfen. Von Spengler bis Jünger, von Marinetti bis Pound, um einmal die oft disqualifizierte Denktradition der Rechten zu zitieren, herrschte eine Übereinkunft von Autor und Werk. Hier und heute aber haben wir es mit einer Spezies zu tun, deren Wissensmonopol durch ein zynisches Bewußtsein verwaltet und als Tauschobjekt an der Börse der Machtzuteilung behandelt wird. Es könnte dies schon die Stunde sein, in der das Vergehen nicht im Regelbruch besteht, sondern in der mangelnden Perfektion, mit der er begangen worden und somit aufgeflogen ist. Danach wäre der Grenzübertritt vollzogen und dürfte nur keine Spuren mehr hinterlassen. Jeder also weiß, daß wir uns jenseits der gültigen Normen bewegen, niemand aber darf dieses Wissen veräußern. – Und die nicht mehr zu überschauende Flut an Informationen, die auf eine Ordnung hinweist und Unordnung dadurch erzeugt, daß sie nur noch in einem technisch perfekten Betrieb beachtet werden kann, produziert aus sich selbst heraus den Verstoß. Den einzelnen in den Verstoß, also in die *Reue* zu zwingen, scheint ihr eigentlicher Sinn zu sein, für den sie sich als Wert quasi auslöscht. So wurde das Kleingedruckte geboren, der unlesbare Subtext, der schließlich die Gerichte beschäftigt. Die Macht, vertreten durch die Institutionen, droht nun in aller Regel die Strafe nur an; sie hebt den beschwörenden Finger und verweist die Subjekte auf die Permanenz einer Schuld. Eingeschüchtert und in der jähen Gefahr, in den Stand der Anklage gerufen zu werden, unterwerfen sie sich der Bestimmung. Diese Abhängigkeit ist eine religiöse insofern, als der Hintergrund in Wahrheit ein technokratisches Mysterium darstellt. So jedenfalls muß, wo die Regelverletzung zur kollektiven Verheimlichung und zur stummen Einigung drängt, die Offenbarung ein Sündenfall sein. Die des Dopings überführten Sportler werden uns dadurch immer auch als arme Schweine vorgeführt, die mit ihren manipulierten Körperausscheidungen nicht konspirativ genug umgegangen sind und jetzt den Schaden erleiden. Und so sehen sie sich auch selbst: als Opfer. Die Regel ist also die Brechung der Regel, und der öffentliche Unwille richtet sich allein gegen die Dummheit im Umgang mit einem allgemein üblichen Verfahren. Die Geste des Skandalösen, wie sie in den Medien beschworen wird, lädt sich weniger durch die Tatsachen als vielmehr durch die Enthüllung der Tatsachen auf. Das Thema ist demnach der Vollzug, *wo er mißglückt ist*, die verpatzte Gelegenheit, das defekte Zwischenglied des Handelns, das freigelegt wurde. Im politischen und sozialen Zirkulationsbetrieb kann man diese Tendenz lange schon beobachtet haben, im kulturellen versetzt sie noch einmal in einen Zustand von Schock. Vielleicht, weil hier noch am ehesten stabile Modelle vermutet wurden inmitten einer simulativen Realität. Und tatsächlich begegnet uns diese unselige Behauptung, nach der nicht die Allianz mit der Macht, sondern deren Offenlegung durch die Medien das tragische Ereignis darstellt, auch bei den betreffenden Dichtern. Da die Welt die Brutstätte des Schlechten ist, ist die eigene Produktion des Schlechten, *da sie in der Welt stattfindet*, legitimiert und damit gut. Man kann hier, wenn man will, von dem neuzeitlichen Phänomen der Subjektverdopplung sprechen. An diesen Vorgängen ist alles zu lernen, was dieses ausgehende Jahrhundert uns bietet. Die totale Inanspruchnahme des Denkens durch eine politische Instanz, wie sie in der DDR beispielhaft galt, ist keine absonderliche Geschichte jenseits einer zivilisatorischen Norm, sondern ein Modellfall. Was in westlichen Demokratien in Unsichtbarkeiten flüchtet, wird am finalen Ausgang des Weltkommunismus exemplarisch benannt: *die Unausweichlichkeit, Macht zu berühren und von ihr berührt zu sein*. Die physische Beschaffenheit eines Überwachungssystems mit paranoischem Charakter hat zunächst freilich nur die Opfer zu interessieren, deren Anwalt die nichtbetroffene Allgemeinheit ohnehin nur unzureichend sein kann. Was über die einklagbare Genugtuung der verletzten Biographien hinausreicht und zum allgemeinen Problem avanciert, ist die Stasi auf der Ebene der Symbole, auf der sie informationstheoretisch handelte und Rückverweise zuläßt. Oder besser noch: *nicht die Stasi ist das Problem, sondern ihr Erfolg*. Und dieser Erfolg ist zugleich das Lehrstück, das uns der historische Stoff vor die Füße geworfen hat. Die Anhäufung von Material, das Auskunft gibt über den Grad an Machtteilhabe und Verlogenheit einer Intelligenz, ist nur eine äußere Tatsache, die das Krisenzentrum des Denkens allenfalls streift und es zur Episode erklärt. Vielmehr gilt es nun, wo diese Einsichtnahme erfolgt ist, die inneren Kontaktstellen herauszufinden, durch die der deformierende Eingriff passieren konnte. Eines aber kann dabei sehr klar sein: die Akten sagen zwar nicht die Wahrheit über das Wesen des Austauschs zwischen Macht und Mitarbeiter der Macht, aber sie sagen die Wahrheit darüber, daß er stattgefunden hat. Sie sprechen eine eindeutige Sprache insofern, als sie die Richtung weisen, in der die Wahrheit zu suchen ist – und daran sollten wir uns halten. Die allgegenwärtige Forderung nach einer Differenz zwischen Vergehen und Schuld ist schon der funktionierende Trick, mit dem jene, die ihr Geheimnis in die Zukunft verschleppen, die Tatsachen eskamotieren. Mit den Forderungen nach Differenzierung bekommen sie uns am empfindlichen Nerv zu fassen, dort nämlich, wo wir eine Moral vertreten. Sie argumentieren mit unseren Argumenten und machen sie damit unbrauchbar. In diesen Koordinaten drohen alle Bewertungskriterien sich aufzulösen. Ein Rechtsverständnis kommt gegen ein Unrecht nicht an, das außerhalb geltender Übereinkünfte stattfindet, woraus freilich nur folgen könnte, selbst die Übereinkunft zu verlassen. Politisch ist dieses Dilemma gelaufen, es auf der Ebene des Ethischen fortzusetzen gliche einer Bankrotterklärung aller noch vorhandener Werte. Unentschiedene Positionen sind hier ein intellektuelles Vergehen, sofern man im Wissen über Zusammenhänge auch eine praktische Verantwortung anerkennen will. Wenn eine Diktatur nur in binären Schlüssen handlungsfähig war, dann ist die exekutierende Reaktion darauf nur in binären Schlüssen möglich. Alles andere ist Opportunismus, der letztlich nur denen dient, gegen die wir uns wenden.

Machtmaschine Sprache

Referenten und Produzenten deuten dasselbe, von allen begehrte Objekt: die Literatur. Die Literatur, wie sie sich im Machtgetriebe eines totalitären Systems verhält und wie ihr Schaden zugefügt wird durch die Rolle, die einer Zensur dabei zukommt. Und tatsächlich tauchte der Begriff *Zensur* in all der Zeit seines praktischen Wirkens nicht auf, denn das Wort war selbst schon Opfer dessen, was es bedeutet. Dafür euphemistische Formulierungen und Taschenspielertricks von Format. Zitatenbeispiel Kant: »Der Ausdruck Zensur, Herrschaften, ist besetzt; belesenen Leuten muß das nicht erläutert werden. Wer die staatliche Lenkung und Planung auch des Verlagswesens Zensur nennt, macht sich nicht Sorgen um unsere Kulturpolitik – er will sie nicht.« Diese ideologische Strategie, wie sie eine Diktatur hervorbringt und die darin besteht, den unliebsamen Realitäten einfach die Begriffe zu nehmen, umspannt nun das ganze Dilemma: Was der Sprache entzogen ist, kann nicht mehr Sache des Sprechens und damit der Kritik sein. Diese Art von Abwesenheit des Spürbaren hat die Subjekte schwer traumatisiert, denn sie waren in Leidenszuständen und konnten oder durften diese nicht nennen und damit beherrschbar werden lassen. Die Literatur, der damit eine Aufgabe gegeben war, konnte das Problem nur halbherzig lösen, denn sie war selbst Teil dieser Machtmaschine, aus der sie hervor- und in die sie einging. Hier die geeignete Schnittstelle zu finden zwischen systembedingter Hilflosigkeit und Schuld wird

Zu: *»Literaturentwicklungsprozesse«. Die Zensur der Literatur in der DDR*, hg. von Ernest Wichner und Herbert Wiesner. Suhrkamp Verlag Frankfurt am Main 1993, edition suhrkamp 1782.

die Diskussion über das Thema DDR-Literatur noch eine gehörige Zeit zu beschäftigen haben. Eine Aufarbeitung dieses Kapitels deutscher Literaturgeschichte kann allenfalls quasi von außen gelingen, von den Rändern des Konflikts, von den nüchternen Fakten der Notzucht, von der illustrativen Gestalt her. Eine nächste und viel schwierigere Arbeit wird sein, die Zensur nicht als Schere eines selbsternannten Gottes, der genehmigtes von verbotenem Wissen trennte, zu betrachten, sondern zu sehen, wie sie in den Textkörper selbst eingriff und die Kombinatorik der Zeichen bestimmte. Und dies eben nicht allein als Verhinderung von Aussagen, sondern als Reproduktion einer Struktur des öffentlichen Sprechens. Denn schließlich, wie es Mallarmé schon vermerkte, wird beispielsweise ein Gedicht aus Worten, nicht aus Gedanken geboren. Das Fatale also, die Zensur und damit auch die Literatur allein am Inhalt festzumachen, hat das Gespräch etwas in die Irre geführt und die Wertungskriterien »affirmative« oder »kritische« Literatur eingebracht. Tatsächlich aber verhält sich Literatur a priori »kritisch«, und wo sie es nicht tut, ist sie halt keine, sondern Kitsch. Was nun das Wort von der Selbstzensur bezwecken soll, würde besser mit »Selbstverkitschung« erklärt sein. Richard Pietraß sagt das in seinem Offenbarungsbericht über die eigenen Widerfahrungen im Umgang mit der Zensur auf sehr ehrliche Art: »So versuchte ich mal um mal den Kern zu retten, indem ich Abstriche zuließ. Im Kompromiß verdarb viel; zu viel, wie sich im nachhinein zeigt. Die zurückgenommene Unerbittlichkeit unserer mitunter hellsichtigen Analysen begünstigte die Verschleierung des desolaten Gesellschaftszustandes durch die Mächtigen, deren Stützen wir nicht sein wollten, in nachgiebigen Momenten aber waren.« Selbstzensur als ein Bewußtseinsprozeß ist denn eher mit Kompromißbereitschaft zu übersetzen, an empfindlichen Stellen des Denkens und Wissens gar mit Verwerflichkeit. Zumal ein in der DDR geschriebener Text durch die Existenz der Bundesrepublik kein unbedingt verlorener Text zu sein brauchte. Verwiesen sei in dem Zusammenhang auch einmal darauf, daß die Rückseite der Zensur, der paranoische Deutungs- und Unterstellungsdiskurs nämlich, selbst karge Gebilde intertextuell begleitet und aufgewertet hat, also Bedeutungsvorschub leistete. Und dies nicht nur im Rezeptionsverhalten eines freiwilligen oder beauftragten Lesers in der DDR...(!) Wo Redeverbot herrscht, haben die Worte aus sich selbst heraus ein anderes Gewicht. Jetzt wird zu sehen sein, wohin sie stürzen.

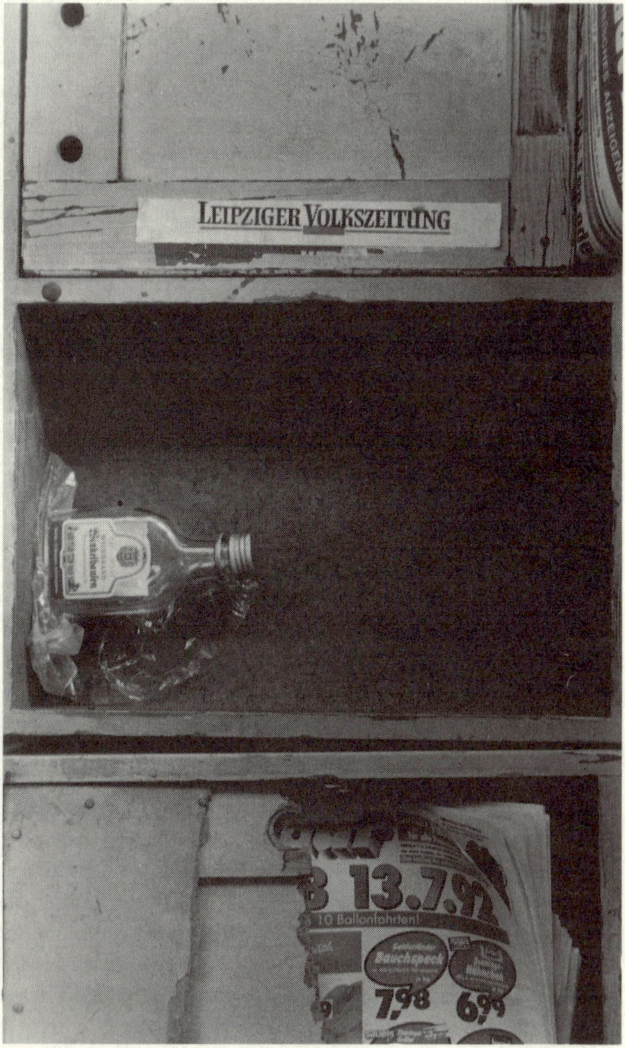
LEIPZIGER VOLKSZEITUNG
13.7.92
10 Ballonfahrten!
Bauchspeck
7,98
6,99

Die Unaufgeklärtheit der Revolutionen

Schedlinskis Essays, mithin auf »brennendem Papier« geschrieben, sind mehr als lediglich Mitschriften der laufenden Ereignisse. Sie führen das Genre auf ein Niveau zurück, wie man es in den letzten Jahrzehnten eher von den Franzosen her kannte. Dem Autor gelingt, mit dem theoretischen Instrumentarium Barthes' oder Foucaults gründlich vertraut, eine Art »angewandter Strukturalismus«, der die Nähe zu seinem Gegenstand nicht scheut, ohne sich zugleich in Einzelheiten zu verlieren. Ich wüßte zur Zeit kein Buch zu nennen, das so analytisch die jüngsten deutschen Vorgänge spiegelt, und selbst dort, wo sich der Autor in seinen Behauptungen verfängt, ist es noch spannend zu lesen, wie brillant er sich windet. Sieht man von einigen allzu aktuellen und für den Tag geschriebenen Artikeln ab, die naturgemäß mit der nächsten Sonne vergilben, sind die Essays durchzogen von einem Denken, das die Anlässe eher als ein Beispiel benutzt für Fragestellungen von allgemeiner Spannweite. In ihm wird auf lebendige Weise das transparent, was der ganz im Netzwerk der DDR aufgewachsene Autor die »doppelnatur des zeichens« nennt und was, auf jenes Denken bezogen, die DDR so transzendierte, daß sie selbst zu ihrem Gegenteil wurde. »beiden diskursen, dem herrschenden und dem protestierenden, geht eine gemeinsame erfahrung und kultur voraus, der sie die tatsachen entnehmen, die nur erkannt werden können, weil ihnen ein gemeinsamer sinn zugrunde liegt, der ihnen zu kommuni-

Zu: Rainer Schedlinski, *die arroganz der ohnmacht. aufsätze und zeitungsbeiträge 1989 und 1990*, Aufbau Verlag Berlin und Weimar 1991.

zieren gestattet, dank jener komplementarität und wechselseitigen implikationen, in der sie sich gegenseitig aufklären und entmystifizieren, denn jeder diskurs nimmt nicht nur den besitz gleicher erfahrungen, tatsachen oder ideale für sich in anspruch, sondern auch den besitz der gegenüberliegenden wahrheit...« So bringt jedes totalitäre System ungewollt auch gerade das hervor, was es permanent auszuschließen hat, um sich am Schattenriß seines Anspruchs schließlich selbst zu zerstören. Mitunter scheint es, als wäre es dadurch zur Innovationsbedingung für eine Generation geworden, daß es sie unbestätigt ließ. Es war ein seitenverkehrtes Privileg, im öffentlichen Gespräch nicht vorhanden gewesen zu sein, um so, aller Integrationen enthoben, das Subjekt tatsächlich »reprivatisieren« zu können – wie es auch die westliche Moderne nicht möglich machen kann. Der subkulturelle Diskurs hatte sich so weit vom Zeichenvorrat der Macht entfernt und eine systematische Geschlossenheit derart erreicht, daß er nicht einmal mehr befeindet werden konnte. Er konnte lediglich ignoriert und ausgeschlossen werden, was den rückgekoppelten Impuls hergab, die »struktur ohne ereignis«, das »system ohne prozeß« und die »sprache ohne sprecher« zweckfrei beobachten zu können. Aber die Sinn-Sprache, wie sie sich im kulturellen Kokon hergestellt hatte, besaß die Kontaktpunkte nicht, über die sie die Realwelt hätte beeinflussen können. Da die Grammatik der Macht eine Tautologie war, konnte die ihr widersprechenwollende Opposition ihrerseits nur tautologisch reagieren. Das war zugleich auch die Hilflosigkeit der revolutionären Situation im Herbst 89, wie Schedlinski sie einklagt – nachlesbar lange der Vorstellung eines sogenannten dritten Weges und einer etwas idealisierten Sympathie für die SED/PDS, die neben den »Idealisten, Träumern und Spinnern« eben auch rückzugs- und anpassungsverhinderte Fanatiker und Altstalinisten vereinte, verhaftet. So kann denn die konzeptionelle Leere, auf die sich bald schon die bewährte marktwirtschaftliche Textur wie eine Offenbarung gelegt hat, auch als ein Sprachproblem angesehen werden. »je mehr sich die öffentliche sprache in leeren redewendungen und starren syntagmen verfestigt, je mehr sie soziales dogma wird, beginnt sie in gesten und formen zu sprechen. eine rhetorik, die in ihren stereotypen den sprechenden kaum zu erkennen gibt...«: die unaufgeklärte Revolution, »mythisch, physisch und stumm«, beginnt so auf der Ebene ihres Scheiterns. Die Aktualisierung des Sprechens aus den erstarrten Trümmern der Sprache blieb lediglich ein literarisches Ereignis, das einen Ichanspruch auf sublime Weise einzulösen schien. Die öffentliche Begriffslosigkeit und das Wirtschaftsdesaster konnte diese unbefleckte Kunstempfängnis freilich nicht ersetzen oder verhindern. Der leise Ausflug des Subjektes in seine Subjektivität blieb allemal ohne soziales und politisches Modell. Etwas anderes als diese aparte Utopie, wie sie die westeuropäische Linke projektiv begleitet hat, kann die DDR nicht hinterlassen. Zudem zeigt sich heute, daß diese Hinterlassenschaft ein inzestuöses Randgruppenerlebnis war, das einen gehörigen Kurzschluß erzeugte. Darüber hinweg findet ein Austausch der Vormundschaft durch ein moralisch-regulatives Kollektivbewußtsein mit der eines utilitären Gesellschaftsbetriebes statt. Der gemeinsame Ursprung dieser mehr oder weniger latenten Ichfeindlichkeit, die sich innerhalb der zwei komplementären Systeme lediglich formal voneinander unterschied, ist der Szientismus des späten 18. Jahrhunderts. Der Wissenschaftsgläubigkeit, deren metaphysische Basis die Durchsetzung der Unsterblichkeit mit technischen Mitteln ist und die eine religiöse Transzendenz abzulösen hatte, ist aller Machtanspruch schon immanent. Die nachgerückte Geschichte der Diktaturen ist nur noch ein Schauplatz seiner Gestaltung. Zu eben diesem Schluß kommt Schedlinski in seinem Aufsatz: »was ist das *linke* am sozialismus«: »die sozialutopischen gesellschaftsentwürfe haben in deutschland eine lange geschichte, und eine ihrer entwicklungslinien führt hin zu jenem vulgärsozialismus, wie er das östliche nachkriegsdeutschland bestimmte. aber schon der nationalsozialismus war in seinem wohlfahrtsverständnis, (...) in seiner kollektivistischen und antibourgeoisen grundhaltung überhaupt, nicht nur etwa schlechthin, demagogisch, um die arbeiterschaft für sich zu gewinnen, sondern er ging hervor aus einer traditionellen, sozial-revolutionären programmatik, deren daseinsauffassung immer schon so physisch-mechanisch war wie dr. schrebers menschenverbesserungsapparat...« So wird der berühmte Satz Kants zur Aufklärung nur noch eine hilflose Form der Gutmütigkeit. Das schließliche Ideal ist die vollkommene Durchsichtigkeit und Bestimmbarkeit der Wesen und Dinge, und es beschreibt schon den Willen zur totalen Inanspruchnahme. Nun, wo die Welt in ihre entschiedene Unerkennbarkeit zurückzusinken beginnt und die Systeme sich jenseits der Begriffe entwickeln, ist es mit dem Heilsbild der Aufklärung endgültig vorbei. Oder ist es das, entdeckt man Schedlinskis antiaufklärerische Position in einem apodiktischen Anspruch, wie sie genaugenommen nur ein aufgeklärter Geist hervorbringen kann, womöglich doch nicht?

»Es gibt keine Entschuldigung.«

Offener Brief an Rainer Schedlinski

Ich glaubte, ich verbrenne mir die Augen, als ich Deine, wie nennt man es, *Verpflichtungserklärung* ins Bild gerückt sah. Jetzt ist ein Brief an Dich fällig. Und er ist, dafür hast Du gesorgt, keine private Angelegenheit mehr. Die Fallhöhe, die Du Dir bereitet hast, ist beträchtlich, und sie ist um das gleiche Maß höher, um das Deine zumindest veräußerte Existenz in einen höheren Anspruch gestellt war als bei diesem oder jenem anderen. Wie wir es auch wenden, und ich wünsche mir für Dich, Du mögest einer aufgeklärten Öffentlichkeit nicht dem Sascha Anderson gleich eine strukturalistische Informationstheorie für einen Vorgang anbieten, der ganz profane Lust an einer Teilhabe von Macht bezeichnet ..., wie wir es also auch wenden, Du hast Dich vergangen, zweitens auch an der Literatur.

Mit Dir wird etwas in die Tiefe gezogen, die unser gemeinsames trauriges Herkunftsland für nicht wenige Lebensläufe bereitgehalten hat, was durch keine nachgereichte Erklärung wieder hergestellt werden kann: die Glaubwürdigkeit der Literatur – gerade auch die unserer Generation. Wir haben eine gewiß zweifelhafte Profession daraus gemacht, meßbar an unseren Worten zu sein; daß wir ihnen ständig unterliegen, mag eine Enttäuschung nur dem Ahnungslosen werden. Du aber unterliegst Deinen Worten nicht lediglich, Du zerstörst sie, hast sie zerstört, hast sie in die Welt gegeben und sie in ihren Schatten sinken lassen und zerstört. Du hast öffentlich vorgeführt, daß sie tatsächlich nichts mehr bedeuten, daß ein zynisches Bewußtsein über sie herrscht und daß sie imstande sind, eine Würde zu simulieren. Um die Dichtung, nicht nur um Deine, tut es mir leid. Sie ist in Mißkredit geraten und hat gezeigt, daß sie gültig und unredlich zugleich sein kann. Das ist mir die eigentliche traurige Botschaft, die nun auch Du übergibst. Jetzt kann nur noch Skepsis die Texte begleiten, deren bestes Ende die Ignoranz wäre. Du hast in aller Namen eine Liebe verspielt, von der wir wußten, daß es die letzte sein würde. Vielleicht erinnerst Du Dich, wie wir während einer dieser kalten Leipziger Hilfsbuchmessen zusammengesessen haben und allen gedruckten und ausgestellten Gedankenabfall bedauerten, der über weite Teile die Regale füllte und nicht selten eine Absonderung der Verhältnisse war. Man kann, haben wir gesagt, die Macht nicht verlassen, wenn man nicht deren Sprache und nicht deren Themen verläßt; die Macht zu kritisieren, haben wir gesagt, ist schon ein verstecktes Einverständnis und läßt sie real sein und verlängert ihr Leben.

Wir fanden den utopischen Imperativ nur noch komisch und die Enttäuschtheit der Älteren nur noch unrealistisch, wo wir schon nicht mehr enttäuschbar waren. Wir haben den veröffentlichten Schreibmist viertelbegabter Jungpoeten, die vor uns die Zeitungen füllten und die Publikationen bekamen, nichts als peinlich gefunden und von den Chancen geredet, die ein Ausschluß so mit sich bringt und so weiter. Heute schlägt dies alles als Hochmut zurück. Es ist nicht nur, wie ich ein Buch lang glaubte, die Welt unserer Väter verloren, auch zwischen uns zieht sich ein Riß, der den Abgrund schon ahnen läßt.

Ich gestehe, daß mich das Stasi-Thema lange Zeit nur gelangweilt hat, da es vorgibt, für sich selber zu stehen und keinem System anzuhängen, das sich in ihm nur einen Ausdruck verschafft. So war ich kaum überrascht, wenn dieser oder jener Name in Zusammenhang mit Stasi-Tätigkeiten fiel, denn es waren Namen, deren Biographie eine derartige Konsequenz nur zulassen konnte. Durch Dich aber bin ich nachhaltig irritiert, und sosehr wir auch suchen möchten: Es gibt keine Entschuldigung. Du hast darüber geschrieben, daß es kein zweites Wissen neben einem agierenden ersten geben kann, ohne daß dieses nicht zerstört werden würde – Du hättest es Dir glauben sollen. Indessen hast Du der herrschenden Ordnung zugearbeitet, und sosehr wir auch suchen möchten: Es gibt keine Entschuldigung. Dabei spielt es keine Rolle, *was* und *wieviel* und über *wen* Du Informationen verbreitet hast, man *mußte* es nicht tun, man mußte nicht einmal Protokolle unterschreiben oder Auskunft erteilen, wie ich aus eigener Erfahrung weiß. Es gibt keine Entschuldigung.

Oder wir entheben uns gleich alle unserer Mündigkeit und Subjektivität und lassen uns in die primitive Gnade des Objektseins stürzen. Dann gibt es nur noch Gott, der richtet und vergibt, währenddessen ein jeder sich quasi im voraus das Verständnis für die nächste Verfehlung sicherstellen kann. Aber das wäre des Zynismus nun wirklich zuviel.

Der Text und die Freiheit des Textes

(1) Wenn man sich darauf einigen kann, daß *Freiheit* eine Kategorie der Abwesenheit ist und nicht verwechselt werden darf mit der *Freiheit der Geste*, dann, so paradox es auch klingt, war die DDR wennschon nicht *frei*, so doch von *Freiheit umgeben*. Mehr noch, da Freiheit kein Zustand, sondern ein Bewußtsein ist und sich allein im Verbot zu erkennen gibt, wurde die Freiheit (als die Freiheit, Verbote zu übertreten) in dem gleichen Maße größer, je reglementierter die Lebensstrukturen und je apodiktischer die Herrschaftsansprüche wurden. In einem anderen Zusammenhang habe ich das Phänomen, daß eine Diktatur permanent das Gegenteil ihres Willens erzeugt, den *Doppelcharakter der Macht* genannt. So jedenfalls kommt es, daß ein totalitäres Regime *Freiheit* gerade dadurch produziert, daß es die Geste in Unfreiheit hält. Im Realsozialismus haben wir sehen können, wie Menschen an Freiheit litten. Mit jeder Einschränkung, der immer auch die Herausforderung beigegeben war, die definierte Grenze zu übertreten, waren sie darauf verwiesen, *frei* zu sein. Vom Aufstehen an waren sie mit nichts anderem beschäftigt als mit ihrer Freiheit, wie es nur ein Sklave erleben kann. Da nun die Regelverletzung mit einem Strafgesetzbuch einhergeht, bindet sich die Freiheit, oder besser, das *Bewußtsein* von Freiheit, an Angst. Freiheit bietet also auch den Stoff, aus dem die Angstneurosen sich formen, die in der Hierarchie der Symptome in einer Diktatur an oberster Stelle stehen. Die Angstneurose ist eine Antwort auf die Freiheit, die einer findet, um der Freiheit zu entkommen. Eine andere Antwort ist die Kunst.

(2) Das heißt: vor allem die Literatur (nicht unbedingt

der Literaturproduzent) ist in einem totalitären Herrschaftssystem doppelt privilegiert. Zum einen, da sie es mit jener oben beschriebenen Freiheit zu tun hat, also *frei* ist, die Welt der durch die Macht ausgegrenzten Realität zu beschreiben und schon mit vergleichsweise simplen Methoden grenzüberschreitend, also subversiv zu sein. Zum anderen, da sie auf dem Hintergrund einer paranoischen Unterstellungsgesellschaft funktioniert und durch eben jene Interpretationskrankheit, die die Furcht der Macht davor ist, entblößt zu werden, sich ihren Wert einhandelt. Wo Sprechverbot herrscht, haben die Worte ein höheres Eigengewicht als in einer Demokratie, in der kaum jemand zuhört. Die Texte gehen also durch die Verhältnisse, auf die sie treffen, eine Sinnbeziehung ein, da sie von Freiheit *umgeben sind* und aus sich selbst heraus auf Freiheit *verweisen*.

(3) Die DDR also machte begabt, so wie in früheren Zeiten etwa eine Krankheit begabt machen konnte. Die DDR machte begabt, oder sie zerstörte. Rückwirkend kann man der in der DDR entstandenen Literatur in weiten Fällen vorwerfen, daß sie *die Freiheit des Textes* nur unzureichend genutzt und eine vierzigjährige Gelegenheit zu vielleicht 30 Jahren verpaßt hat – aus Bequemlichkeit, Anpassungsbereitschaft und halbem oder ganzem Komplizentum mit dem Herrschaftsbetrieb heraus zum einen, durch einen die Aufklärung überlebten Utopiebegriff, der nicht selten auch zur Entschuldigung diente, zum anderen. Und an dieser Stelle wäre eine Klammer angebracht, in die hinein vielleicht zwei Dutzend Autoren aufgezählt werden müßten, die beweisen, daß Literatur im Grunde immer etwas Hinausweisendes und Systemindifferentes hat, sich ihre Gültigkeit aus eben diesen Merkmalen zusammensetzt.

(4) Nun, nachdem die DDR und der gesamte realsozialistische Osten sich selbst ausgelöscht haben, fallen naturgemäß die in ihr entstandenen Produkte auf ihre eigentlichen

Koordinaten zurück. Den Texten ist die Freiheit, mehr zu bedeuten, als sie sagen, dadurch genommen, daß der *irre, äußere Blick* auf sie wegfällt, der die Texte interpretiert und überinterpretiert, sie also mit einem Mehrwert an Sinn beladen und mitgeschrieben hat. – Übrigens ist es fatal, daß jene westdeutsche Literaturkritik, die jahrzehntelang diesen politischen Deutungsdiskurs begleitete, also pragmatisch wirkte, mit dem Zusammenbruch der DDR die in ihr entstandene Literatur allein auf die Ebene des Ästhetischen zwang und sozusagen vor sich selber davonlief. Nun plötzlich entdeckte diese Kritik, daß die Bücher, die sie einst lobte, als sie noch zur kalten Kriegskunst gehörten, nichts taugen. So, wie die beiden deutschen Teile nur in einer Doppelspiegelung und gegenseitigen Bedeutungshervorbringung gedacht werden können, so war auch die Rolle der Literatur und der Autoren in der DDR eine andere als in den benachbarten Staaten des Ostblocks. Das heißt, auf die Bücher bezogen: was die Katze nicht wollte, fraß der Hund allemal. Nicht wenige gerade auch jüngere Autoren haben sich aus diesem produktiven Dilemma heraus profiliert und bald schon inszenatorisch darauf geachtet, hier zu wohnen und dorthin die Knochen zu geben. Ich übrigens auch, aber nicht, weil es im Drehbuch stand, sondern weil es kaum mehr anders möglich gewesen war. Ein Spiel unter vielen, wie es die Macht hervorgebracht hat – mit irreversiblen Schäden für die Literatur dort, wo die Aussage des Textes, und das meine ich ganz im Sinne einer poetologischen Intention, durch eine gegenteilige Handlungspraxis des Autors vor den Augen des Lesers in Unglaubwürdigkeit verlischt.

(5) Diese besondere Situation des Autors in der DDR, die man, wie nicht wenige es taten, in allerletzter Konsequenz auch verlassen konnte, macht Selbstzensur noch unverständlicher, als sie es ohnehin schon ist. Und ich gestehe:

ich weiß nicht, was Selbstzensur sein soll und wie einer, der ihr erliegt, überhaupt einen brauchbaren Satz zustande bringen kann. Noch unmöglicher wäre es wohl, über die Selbstzensur, wenn es sie denn tatsächlich gab oder gibt, eine brauchbare Auskunft zu geben. Es wäre dies so, als wollte einer sein Unbewußtes selbst aufdecken, oder als würde er einen Roman abliefern zum Thema: die Stelle meines Rückens, die ich nicht sehe. Es bleibt also rhetorisch, wenn ich persönlich werde und sage: ich kann mich an keinen Augenblick meiner merkwürdigen Dichterexistenz erinnern, in dem ich mir eine Möglichkeit des Denkens oder Sprechens, die für mich wichtig gewesen war, untersagt gehabt hätte. Vielleicht waren die 80er Jahre, über die allein ich in bezug auf die Praxis einer Publikationskultur reden kann, im Gebälk der Machtausübung auch schon zu sehr verrottet, als daß sie einem Intellektuellen tatsächlich und physisch hätten gefährlich werden können. Die Russen oder Polen oder Ungarn usw. könnten ganz anders klagen als die Ostdeutschen, und sie hatten ja auch eine Opposition, die es in der DDR durch die Existenz der BRD nicht geben konnte. Und aus deren Perspektive würde sich möglicherweise meine Geschichte von der *Freiheit des Textes* auch etwas anders schreiben, dann nämlich, wenn man auf seinen einen Sprachraum angewiesen war und noch in einer Klinik verrückt werden konnte.

(6) Es ist also vollkommen entbehrlich, das Verfahren einer beobachteten Kultur, in der es alltäglich war, daß alles kontrolliert und zensiert und vereinnahmt oder ausgesondert wurde, episodisch zu beschreiben..., vollkommen sinnlos, jetzt aufzuzählen, wo und wann was *nicht* oder *falsch* gedruckt worden ist..., geradezu lächerlich und mit dem Wesen der eigenen Produktion unvereinbar, nun sagen zu wollen: »... klar, auch ich bin zensiert worden«. Zensiert und kontrolliert zu werden war ebenso selbstverständlich

wie die Kooperationsbereitschaft einiger Autoren und Intellektuellen, deren Namen hier noch einmal aufzulisten nur deren Bekanntheitsgrad steigerte und ihnen womöglich noch weitere Einladungen ahnungsloser Universitäten einbrächte, mit dem MfS. Man brauchte nur in den Büchern zu lesen, um das zu wissen, und die Erregtheit eines Redakteurs zur jüngsten Frankfurter Buchmesse darüber, daß nun auch der ehemalige Vorsitzende des Schriftstellerverbandes der DDR als Spitzel »enttarnt« worden sei und was ich dazu sagen würde, ließ mir nur noch ein Abwinken übrig. Tief verunsichert haben mich Leute, deren literarische Arbeit das Gegenteil war von dem, was sie taten, und die im Windschatten einer vermeintlichen Integrität doppelt profitierten – im Westen *und* im Osten. Auf diese unvermutete Stelle war mir das Lindenblatt gefallen, hier bin ich getroffen worden und verletzt bis heute. Und vielleicht ging von ihnen schon der letzte Todesstoß aus, den die Literatur in unseren Breiten noch brauchte, um restlos erledigt zu sein und nur noch tauglich zur Dekoration und als abendliches Schlafmittel für vernachlässigte Wohlstandsdamen.

(7) Das Allergroteskeste indes, das es im Informationsnetzwerk DDR überhaupt gab, war die Zensur selbst…, ohne »äußerlich« und »innerlich«, sondern als *Praxis*. Denn tatsächlich sind die Transformationen zwischen äußerer und innerer Realität derart fließend, daß eine solche Unterscheidung zu treffen genaugenommen unsinnig ist. Und wenn schon die Differenz außen/innen als Modell die Verständigung erleichtern soll, wäre richtigerweise von *internalisierter* anstatt von *innerer* Zensur, die ja unmöglich Gegenstand des Denkens sein kann, zu sprechen. Und wäre nicht – überbordet man die doch recht simple Vorstellung, die Zensur hafte einzig am Thema und also am Nichtliterarischen –, wäre nicht der Gebrauch der Sprache in einer die Machtverhältnisse reproduzierenden Art, nämlich das herr-

schende Kombinationsgesetz der Zeichen zu befolgen, nicht schon *internalisierte Zensur*? Und wären dann nicht auch jene Werke neu zu lesen, die Protest äußerlich vorgeben und die kritischen Aussagen zugleich dadurch disqualifizieren, daß sie sich demselben Sprachgebrauch unterwerfen, der von der Macht vorgegeben war und der sie bestätigte? Diese Verständnismisere beginnt im Grunde schon dort, wo die Unterscheidung von *affirmativer* oder *kritischer* Literatur ins Gespräch gekommen ist, während es in Wirklichkeit nur Literatur oder Kitsch gibt. Und wo es gilt, sich mit Literatur auseinanderzusetzen, dort gilt es ebenso, den Text im *Verweis auf eine Freiheit* vorzufinden. Was nun die Praxis der Zensur so unsinnig machte, war, daß sie an der falschen Schnittstelle von Produktion und Verbrauch ansetzte und in den Zirkulations- anstatt in den Deskriptionsvorgang eingriff. Während in pluralistischen Gesellschaften das Wissen quasi unbenutzt in der Öffentlichkeit ist, es sich sozusagen mit sich selbst zuschüttet und verlorengeht, wird es hier, durch die autoritäre Geste des Verbietens, aus den Dunkelheiten endloser Bibliotheksgänge hervorgehoben und interessant gemacht. Jeder weiß, welche fabelhafte Reklame es für ein Buch war, wenn es auf den Index geriet, und auch ich kann mir nicht ganz sicher sein, ob ich all die Franzosen und Amerikaner usw. schon in früher Jugend gelesen hätte, wenn sie nicht verbotene Früchte gewesen wären, die ich als Hilfsarbeiter einer großen Dresdener Bibliothek gut erlangen konnte. Obgleich natürlich auch wieder gilt, daß ein Text schließlich nur jenen erreicht, der auf ihn vorbereitet ist. Aber es hätte möglicherweise, was mich betrifft, im Westen länger gedauert. Dieser bare Unsinn also, in der Welt seiendes, einmal vorhandenes Wissen dadurch auslöschen zu wollen, daß man dessen Verbreitung erschwert, schließt sich kurz mit dem allgemeinen unhaltbaren Zustand, in dem die totalitaristischen Ostgesellschaften bis zum Ende hin existierten: ihre Macht nur durch eine radikale Ausgrenzung aller sie nicht bestätigenden Wirklichkeiten sicherstellen zu können. Das gibt einmal mehr Auskunft über den Grad an Geistesschwäche, den einer 40 traurige Jahre lang zu ertragen gehabt hat und den ich genau 21 Jahre, seitdem ich die sowjetischen Truppen 1968 in die Tschechoslowakei einmarschieren sah und zu denken begann, beobachtet habe. Damals war ich zwölf Jahre und hatte das erste Mal recht.

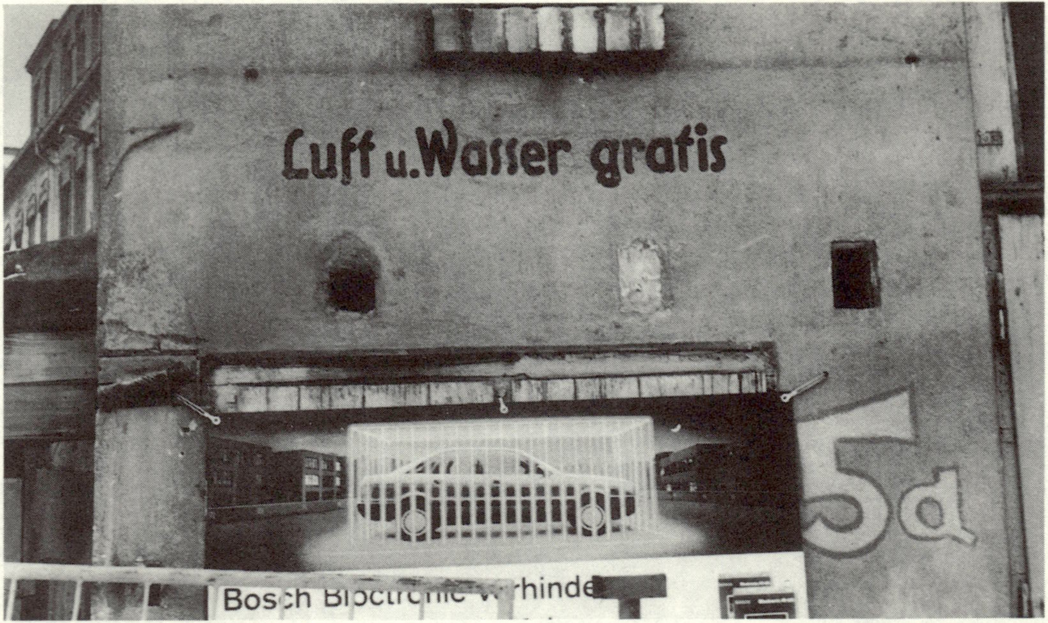
Luft u. Wasser gratis

Sie schweigen. Oder sie lügen

Von der Beschaffenheit einer gescheiterten Elite

Es gibt eine Kunst, die allein darin besteht, rechtzeitig die Diskurse zu wechseln und einander ausschließende Argumente auf rhetorischer Ebene zusammenzubringen. Es geht dann wie in dem Witz von dem Fahrradfahrer zu, der, weil er des Nachts ohne Licht fährt, angehalten wird und dem überrumpelten Polizisten erklärt, daß er ja deshalb auch auf dem Bürgersteig fahre. Oder es geht zu wie in den derzeitigen Diskussionen um die Aufarbeitung der Geschichte der DDR, die sich vom oben genannten Prinzip der paradoxen Gesprächsführung nicht unterscheiden. Permanent werden die Realitätsbezüge derart vertauscht, daß sich Entschuldigungsmaterial wie von selbst produziert und alle Mitverantwortung an einem auf Sand gesetzten System durchbrochen werden kann. Allein die Machteinbuße, die eine ehemals privilegierte Intelligenz im Osten als einziges wirklich bedauert, gibt noch die Legitimation für Klagen und Forderungen her.

Zur Meisterleistung des systematischen Lügens gebracht hat es Rainer Schedlinski, der Dichter-IM und verlorene Freund. Einst belieferte er die Avantgarde, heute die gekippten Bonzen mit Theorie. In der Juni-Ausgabe 1992 der Zeitschrift *Neue Deutsche Literatur* wurde ihm die zweifelhafte Gelegenheit gegeben, seine Schieberideologie auszubreiten und zu behaupten, daß mit dem Staat und der Macht zu kungeln nichts von vornherein Schlechtes bedeutet habe und daß die Stasi bei Lichte betrachtet eine ganz patente

Mannschaft gewesen sei, mit der man auch schon mal Pferde stehlen konnte. Geschenkt, daß die Memoiren eines Gefängniswärters naturgemäß anders ausfallen als die eines Inhaftierten, selbst wenn letztendlich beide im Knast gewesen sind. Geschenkt auch, daß sich der Verfasser wie ein Objekt seiner selbst behandelt und aus der Perspektive scheinbarer Überlegenheit auf die eigene agierende Person schaut, als hätte diese mit jenem, der über sie redet, rein gar nichts zu tun. Nicht geschenkt indes, daß die Darlegungen kommentar- und erwiderungslos der Öffentlichkeit als eine Tatsache vorgeführt werden, flankiert noch von Gedichten des MfS-Kollegen Knud Wollenberger. Hinter dieser Flucht in Paradoxien und Rhetorik sind unschwer jene Widerstände auszumachen, die einer Aufarbeitung entgegenstehn und einen Verdrängungsvorgang in Gang setzen. In solche billigen Strukturen gespannt findet man nun die geistesschaffende, am Herrschaftswissen beteiligte Intelligenz vor, die Bewußtseinselite des Ostens, die, abstrahiert man einmal von jenen vielleicht zwei Dutzend in Dreistigkeit frei herumlaufenden Politfunktionären, am ehesten die Pflicht zur Aufklärung hätte.

Freilich mag ein von außen auf die eigene Geschichte gerichteter kritischer Blick auch die Rolle spielen, den in Bewegung geratenen Abwehrprozeß eher mit Gründen zu beliefern als ihn zu bremsen. Zumal das angehäufte Wissen über die Architektur des DDR-Systems heute von einer Umfassendheit ist, wie sie sich jedem einzelnen seinerzeit nicht dargestellt hat und wie ihr somit eine Spur Irrealität unterlegt ist. Aber das alles kann keine Entschuldigung sein. Einem halb ohnmächtig in den Krieg getriebenen Schreiner könnte man psychische Schutzmechanismen in der Weise falscher Erinnerungsleistungen noch eher nachsehen. Bei einem Sachwalter der Sprache und der Erkenntnisgewinnung, der sich einmal in ganzer Bedeutungsarroganz seiner Gedankenprodukte rühmte, als diese noch Blüten der Anerkennung trieben, kommen sie einer Zumutung gleich. Nun soll plötzlich der Rückzug in die Unwissenheit gelten, der atavistische Trick mit Gehörsturz und blockiertem Gedächtnis, wie es auch Sascha Anderson seinerzeit ereilte. So einfach könnte das gehen. So schnell möchte man einer zu verantwortenden Tragödie entkommen. Und die der praktizierten Wissensverweigerung im Wege stehen, weil sie den Geburtsfehler haben, schlecht verdrängen und lügen zu können, wie etwa der Leipziger Dichter Heinz Czechowski in seiner Polemik gegen den Schriftstellerverband und das Literaturinstitut, setzen sich in alle ostdeutschen Nesseln. So jedenfalls, quasi mit einem Fingerschnipsen, soll die Vergangenheit ausgelöscht werden, die sich gerade dadurch in eine künftige Gegenwart trägt und als symbolische Wiederholung schon zu erwarten ist. Anstatt in nötiger Selbstkritik und Diskretion die Fakten zur Kenntnis zu nehmen, die sich von Tag zu Tag mehr der Öffentlichkeit zeigen, um sie in eine nützliche Analyse zu bringen, eskamotieren Redner wie Gysi oder ehemals Modrow diese mit dem Argument, man wolle sie als Person oder Partei diffamieren und verfolge in Wahrheit eigene machtpolitische Interessen. Angeblich ginge es nur einmal mehr um die generelle Auslöschung all dessen, was an die DDR erinnert oder von ihr erhalten geblieben sei. Dabei sehen sie nicht, daß sich die DDR, auch dank der Geistesarbeit eines wesentlichen Teiles ihrer Intelligenz, die Denken und Realität in kein taugliches Verhältnis zu bringen imstande war, selbst ausgelöscht hat und daß auf sie nichts anderes hinweist als in die Seitenstraßen abgeschobene Autos aus Pappe – zerstoßen wie das Leben ihrer Besitzer. Wer hier die Realität der Kapitulation übersieht, versteht auch die Spielregeln nicht, die sich daraus ergeben, und klagt Forderungen ein, deren Anspruch auf nichts gestellt ist. Gerade in den Reihen der PDS, die ihre Läuterungszeit annähernd nutzlos abgesessen hat, gehen die nostalgischen Verklärungen so weit, eine in Wahrheit niemals vorhandene Identität der Menschen mit dem Staat DDR heraufzurufen, die zu zerstören ein Okkupant sich zum Ziel gesetzt habe. Das ist eine völlige Verkennung jenes Potentials ostdeutscher Trauer, das durch die jeweils eigene verlorene Zeit bestimmt wird und durch das Verlangen, etwas davon für sich zu retten. Diese Trauer ist ohne Hymne und hat mit jener einmal angeordneten SED-Wirklichkeit nicht das geringste zu tun. Sie ist ein Empfindungszustand, den jeder andernorts ebenso erleben würde, müßte er sein Lebenswerk wie eine in Bruch gegangene Keramik in Händen halten. Sie ideologisch zu funktionalisieren ist nur eine Schamlosigkeit mehr, wie sie einem im Umgang mit 40 Jahren begegnet. In jener ostdeutschen Sammlungsbewegung mit dem Namen »Komitee für Gerechtigkeit« und Vorsprecher Diestel als Robin Hood einer politischen Moderne – diese Couragiertheit hätte es einmal in der DDR geben sollen, wo eine Gesinnung zu haben teurer war als heute –, hat sie dieser Tage ihren vorläufigen Gipfel erreicht. Gerade die Identitätslosigkeit war ein Symptom der verfehlten Politik, das mit üppigen Arrangements überdeckt werden mußte. So ist es schon als Zynismus zu empfinden, wenn die labile Gefühlslage der Ostdeutschen heute dafür benutzt wird, um alte Herrschaftsansprüche weiterzubetreiben und mit dem krummen Finger der Genugtuung auf die Kompliziertheit jetziger Verhältnisse zu zeigen. »Sie haben es ja so gewollt«, kann man die Funktionäre von gestern gelegentlich sagen hören im Sinne eines Kommentars zur herrschenden Depression der Menschen. Selbstherrlichkeit und Impertinenz übertreffen sich wechselweise – ganz abgesehen davon, daß das um Zeit und Kraft geprellte Volk weniger das wollte, was es nun vorfindet und mit dem es zurechtzukommen hat, als eines vor allem nicht mehr: die Verhältnisse der DDR.

Daß es keine Alternative zur Marktwirtschaft gibt, heiligt diese noch nicht, zeigt aber an, wie leer die Schreibtische waren, an denen die linke Staats-Intelligenz jahrzehntelang nachgedacht hat. Außer einem politisch unbrauchbaren Begriff von Utopie, der, wie später einzusehen war, auch einer Gewissensberuhigung entsprach, haben sie nichts hervorgebracht. Nichts, was die aufrührig gewordene Masse in der grellen Stunde der Selbstbesinnung als Konzept, als Instrument hätte gebrauchen können. Zwar diskutierten sie noch etwas über einen sogenannten ›Dritten Weg‹, von dem keiner so recht wußte, wo er hinführen sollte, vertrösteten sie die zornige Arbeiterschaft mit Idealen, die ein literarisiertes Übermorgen markierten und keinen Tag lang durchzuhalten gewesen wären, allein ihr privilegierter Hintergrund trennte sie von jenen, die lange schon verurteilt waren, in einem Boot ohne Steuer und Segel durch die dunkle Nacht der Ereignisse zu treiben. Der Moment eines generellen Bankrotts war gekommen, unwiderruflich und vielleicht schon seit langem verschleppt und jetzt erst sichtbar geworden. Zu sehr waren die Intellektuellen in die Macht involviert, waren die Verbundenheitsgesten und kalten Umarmungen mit der Arbeiterklasse einer Ideologie geschuldete Inszenierungen, war das Denken im Interesse der Herrschaftsausübung ein zweckbestimmtes, korrumpiertes Denken gewesen. Es steht ihnen heute nicht zu, den blinden und kopflosen Weg der Massen zu beklagen, den in andere Richtung zu lenken sie einmal Gelegenheit hatten. Um so lächerlicher mutet es an, wenn sie jetzt der Geschichte ihren Mut nachreichen und in einer dem Realsozialismus entlehnten Unentbehrlichkeitsfigur Veranstaltungen wie »Dichter lesen Texte zur Wende« oder »Poetik im Widerstand« betreiben, für die sich keiner außer sie selbst interessiert. Sie stellen Forderungskataloge auf und verfassen Klagebriefe, wo sie sich einmal ernsthaft Fragen zu stellen und mit sich selber zu beschäftigen hätten. Mehr noch streiten sie darum, in die Annalen der Opposition zu gelangen, und rechnen ihre seichten Disziplinverstöße im Parteiverband oder ihre Druckablehnungen vor. Auf dem Hintergrund zahlloser Existenzen, denen das Rückgrat gebrochen ist, heben sie den eigenen verstauchten kleinen Finger als Beweis dafür, auch widersprochen zu haben. Das schließlich gibt einmal mehr Auskunft über die moralische Beschaffenheit der Dichter und Denker mit einstigem Behördenvertrag. Und hätte es eine Opposition tatsächlich gegeben, sie wären die letzten, die ihr angehört hätten. Doch eine Diktatur ist vollkommen untauglich, eine Opposition hervorzubringen. Sie kann nichts anderes hervorbringen als sich selbst. Zum einen als Institution und formulierten Anspruch, zum anderen als Realität, die sich negativ dazu verhält. Da diese negative Realität durch die Macht selbst hervorgebracht wird, gewissermaßen in deren Zentrum entsteht, kann sie auf lange Sicht nicht ausgegrenzt oder verschwiegen werden. Die Macht aber ist nur lebensfähig, solange sie ausgrenzen oder verschweigen kann, was sie unbestätigt läßt. So scheitert sie an ihrem doppelten Charakter und geht an sich selber zugrunde. Was einige tapfere Leute nun gern als Revolution sehen würden, war letztendlich nichts anderes als ein gesellschaftsimmanenter Verfall. So etwa wie Rom nicht an einem Aufstand der Sklaven zugrunde ging, sondern an seiner politischen Konstitution. Der einzelne Widerstand, der dabei nebenher geleistet worden war, gibt den eine organisierte Breite meinenden Begriff von Opposition noch nicht her – was den Widerstand freilich nur um so wertvoller macht. Alles, was entstanden war, war einem Organismus entsprungen und konnte, selbst wenn es sich von ihm abstoßen wollte, nur in diesen abermals eingehen, um verwertet zu werden. Allein dadurch erscheint alles auch von seinem Gegenteil durchdrungen, kommen einem bisweilen die einen wie die anderen und die anderen wie die einen vor, scheint es kein Oben und kein Unten, keinen Anfang und kein Ende zu geben an Versagen, Verstrickung und Schuld. Dieses Ineinandergreifen einander ausschließender Handlungen und Motive ist das Resultat eines gespaltenen, oder besser, eines verdoppelten Systems, in dem eine zweifache Buchführung herrscht und nebeneinander verschiedene Spiele durchgespielt werden. Eine ausgereifte Gesellschafts-Paranoia, in der die Individuen beliebig die Seiten wechseln, wie es gerade gebraucht wird. Nichts anderes verbirgt sich hinter der Formulierung »Wende«, die schon deshalb unausstehlich ist, weil sie falsche Erwartungen freisetzt. Und nichts anderes erklärt, daß die straffen Genossen von gestern die dynamischen Jungunternehmer von heute sind, die nur eben noch mit ihren neuen Karstadtanzügen sicherer laufen lernen müssen.

Aber dennoch ist nicht jeder von dem Riß auch gespalten worden, der die Gesellschaft durchzog. Es gibt einige sehr klare Linien, die das eine vom anderen scheiden und die es verbieten, daß alle Zivilcourage in Indifferenz mündet. Eine dieser Linien trennt jene, die als MfS-Zuträger zu gewinnen waren, von denen, die dafür nicht zu gewinnen waren, eindeutig und ohne Kommentar. Unterscheidungen zu treffen kann erst eine spätere Angelegenheit sein, und nebenberufliche Denunziation kommt nun einmal besonders schäbig an, da sie auf der Basis von Vertrauen tiefer noch in die Privatsphäre eingreift, als ein Betriebskiller es könnte. Der zweite Maßstab wird von denen gesetzt, die sich verweigerten, die auf Karrieren verzichtet und Vereinnahmungen entsagt haben. In der Dunkelheit der Fabriken und in den Finsternissen der Geschichte sind sie zu finden, für die es

niemals eine Gelegenheit gab, das Licht der Öffentlichkeit zu sehen, in dem die Intellektuellen sich selbstgerecht spiegeln. Allein so wird deutlich, wer durch eine Zersetzung der Kriterien und Auflösung der Grenzen gewinnt. Schon jetzt hat sich das Bild des Kollaborateurs und Opportunisten, wenn es uns in der feinen Freundlichkeit eines Herrn Fink erreicht, mit so vielen charmanten Zügen angereichert, daß einer in Reue gestehen möchte, keine Rolle im Herrschaftsbetrieb gespielt zu haben. Vielleicht kommen wir noch tatsächlich dahin. Dann hätten einige sich zu überlegen, wofür sie ihren Reisepaß nutzen. Die in Herablassung mündende Pose des Vergebers im Westen, der in gesicherter Entfernung zum Tatort die Absolution herüberruft, ist nur eine weitere Facette im Abwehrreflex einer Schuld. Gerade eine westeuropäische Linke mit DDR-Sympathie hätte guten Grund, heute mit sich ins Gericht zu gehen und ihr Schweigen zu den Menschenrechtsverletzungen im Osten zu klären sowie ihre Idealisierungsbeihilfe zu bedauern, mit der sie dem Realsozialismus projektiv beigewohnt hat. Selbst ins Rutschen gekommen, streut sie sich Asche auf die Bahn mit Argumenten der Art, man wolle nur von den Problemen der Bundesrepublik ablenken, wenn man die Probleme der ehemaligen DDR überscharf ins Bild setzt. Doch das lenkt nur von den Problemen der ehemaligen DDR ab. Es lenkt davon ab, an einer wenn auch nicht stabilen, so doch existenzfähigen DDR interessiert gewesen zu sein, deren desolater Zustand gerade noch gut genug war, das bundesdeutsche Gefühl der Omnipotenz aufrechtzuerhalten. Und zweitens ließen sich schadlos alle jene politischen Imaginationen hinüberschleusen, die in eigenen Grenzen umzusetzen das Zeug nicht reichte und deren Erfolg zu kontrollieren so schwierig war. Die westliche Demokratie, die sich immer aus der Existenz einer Diktatur im Osten heraus definiert hat, wird künftig einiges mehr tun müssen, um als

Demokratie im Bewußtsein zu bleiben. Diese Projektionsmechanismen, die durch die Mauer ermöglicht und durch deren Sturz beendet worden sind, treffen also, wie zu sehen ist, nicht nur auf die bekannte eine Richtung zu. Tatsächlich hingefahren und angeschaut hat sich die Gesellschaft östlich der Elbe kaum jemand. Wohlweislich, denn dann hätte die gehätschelte Utopie einen Riß bekommen und den Abgrund hindurchscheinen lassen, der ihr beigegeben war. Das läßt die Nachsichtigkeit gegenüber den einstigen Claqueuren der Macht durchsichtig werden und als das verstehen, was sie ist: eine Nachsichtigkeit im Umgang mit den eigenen Irritationen und eine Abweisung aller zu tragender Mitschuld. Der Osten ist ein vollkommen kaputtes Gebiet voller Menschen mit ruinierten oder halbruinierten Lebensläufen, und denen, die es dahin haben kommen lassen, geht es weithin wieder unverdient gut. Nichts anderes kann jetzt das öffentliche Gespräch bestimmen, als dafür die Ursachen, die Folgen und die Verantwortlichkeiten festzustellen. Nichts weniger ist man den Menschen gerade im Osten schuldig. Und nichts weniger sind vor allem die Intellektuellen, die einst die Schaltzentralen der Macht besetzten, ihnen schuldig, die sich daran beteiligen sollten, die Berge von materialisiertem Gedankenausschuß wegzuräumen, die sie mit aufgetürmt haben. Das könnte ein Anfang sein, sie wieder ernst zu nehmen. Aber sie mauern und klüngeln, sie führen einen Grabenkrieg gegen den Überbringer der schlechten Nachricht und üben sich in der Strategie, das Wissen zu verweigern, das negativ auf ihnen lastet. Selbst jene, von denen man einmal kritisches Bewußtsein gewohnt war, schweigen sich heute aus oder sitzen moderat in Talk-Shows herum, um ihre Widersacher von einst als Duzfreund zu begrüßen wie unlängst der Autor Heiduczeck den SED-Zensor Höpcke auf MDR. »Feiern möcht' ich, aber wofür...«, könnte man mit Hölderlin fragen und die eigenen

Haare ergrauen sehen, weil man sich die Pirouetten der Verlogenheit, in denen die meisten sich winden, schon zu lange anschauen mußte. Die fehlende Einsicht in die zu übernehmende Verantwortung ist nicht nur die zweite Schuld, wie Giordano es sagt, sondern vielleicht schon der eigentliche Skandal. Eher aber noch wird die Scham darüber, schuldig geworden zu sein, in zynische Formen des Genießens umgelenkt, als daß sie geklärt werden würde. In dem zähen Versuch, die Mechanismen der Macht zu verschweigen, liegt bereits ein neuer Anspruch auf Macht, und mitunter scheint es, als sei die DDR gerade erst geboren. Nur eben nicht als Utopia, sondern als eine Ruine, aus der niemand mehr auferstehen wird. Denn der Körper ist tot, den der Geist noch verteidigt.

Die Kontinuität und ihre Beweiskraft

Die Vermutung Baudrillards, daß die Schriftsteller des Ostens durch die plötzliche Redefreiheit verstummen, hat ihre Logik. »Die Dissidenten«, schreibt er, »halten das Tauwetter der Freiheit nicht aus. (...) Sie lebten im Stummfilmzeitalter des Politischen, sie werden vom Tonfilm getötet. Sie, deren Kraft im Schweigen (oder der Zensur) lag, sind zum Sprechen verurteilt, dazu, vom gesprochenen Wort verschlungen zu werden.« Indes enthält diese Logik einen nur scheinbar minimalen Fehler, der um so folgenschwerer wirkt, daß nämlich Dissidenz aus einer Verhältnismäßigkeit zur herrschenden Idee hervorgeht und nicht aus einer sprachlichen, d. h. literarischen Ordnung. Würde, um ein Beispiel zu geben, auf den imperativen Satz »Die Partei hat immer recht« folgen: »Die Partei hat niemals recht«, so bewegten wir uns einzig auf der Ebene der politischen Opposition, nicht aber auf der einer literarischen Dissidenz, die auf diese Äußerung vordergründig gar nicht reagieren kann. Jenes in der Sprache stattfindende Ereignis, das wir hilflos das Poetische nennen, fällt quasi durch die Maschen der komplementären Diskurse und erscheint in einer neuen, unerwarteten Struktur. Daraus läßt sich der Schluß ableiten, daß sich zwischen den Begriffen DDR-Literatur und Literatur der DDR eine Differenz ergibt. Während die »DDR-Literatur« hauptsächlich in ihrem affirmativen oder oppositionellen Charakter *in bezug auf die Macht* erscheint (und allein von dieser Literatur, die, wo es die Macht als Projek-

Über Heinz Czechowski, *Nachtspur. Gedichte und Prosa 1987-1992*, Ammann Verlag, Zürich 1993.

tionsfläche der Äußerung nicht mehr gibt, zum historischen Monument erstarrt, spricht Baudrillard), war die »Literatur der DDR« lediglich *auf dem Hintergrund des Staatswesens* entstanden und in keiner Reaktion auf deren Machtverhältnisse bereits erschöpft. Dieser *dissidentischen Literatur* war der Staat nicht Thema sondern *Stoff*, eine *Folie*, auf der passierte, was ins Allgemeingültige und Übergesellschaftliche hinauswies. Die mögliche Überführung von Provinzialismus und machtverwalteter Sprache in *Sinn* hat genau das gezeigt, was in den derzeitigen Diskussionen gern übersehen wird und einem Gesetz folgt, nach dem jede Diktatur permanent auch das Gegenteil ihres Anspruchs erzeugt; und dies um so mehr, je totalitärer sie wird, um an diesem Widerspruch schließlich zu sterben. Von daher kann man die DDR-Literatur, die nur ein Parasit im Organismus des Staates sein konnte, als erledigt betrachten. Und von daher wird ferner zu sehen sein, was die Literatur der DDR, so schmal ihr Bestand tatsächlich auch sein mag, geleistet hat und für die, stellvertretend genannt, Autoren wie Wolfgang Hilbig und Gerd Neumann, Adolf Endler und Elke Erb Beispiele abgeben. Exemplarisch in diesem Zusammenhang, weil es *Kontinuitäten* bezeugt, ist auch das Werk des in Leipzig lebenden Heinz Czechowski. Sein jüngstes Buch gibt uns ein Bild jener Ungebrochenheit, die den Dichter vom Schreiber und die den Dissidenten vom opportunen Strategen scheidet. Das zum trefflichen Titel des Bandes gewordene Wort »Nachtspur« bündelt wesentliche Impulse der Dichtung: die Verwobenheit des Subjektes mit Geschichte, Erinnerungsarbeit und Spurensicherung, Anwesenheit als bedingungslose Zeitzeugenschaft und ein moralisches Bewußtsein, das den Sprechenden auf die Nachtstunde verweist. In schnellen Reflexen, Erregtheiten, in immer neu Anlauf nehmenden Versuchen, von der Oberfläche der Ereignisse ins Innere ihrer Bedeutungen vorzudringen, stehen diese im staccato verfaßten Texte wie eine einzige, plötzlich überlebensnotwendig gewordene Frage vor der Welt. Auch wo Czechowski unverwechselbare und originäre Literatur schreibt, geht es ihm um alles andere als um Literatur: »Ja,/ Ich schreibe zu schnell: das Gedicht/Ersetzt mir das Tagebuch, Stenogramme/Des täglichen Lebens, gelebt/Zwischen den hohen Tönen der Bücher und/Den Banalitäten des Tages. So/Verweigert die Sprache/sich nicht.« Gewiß, man könnte ihm recht geben und, auf den einen oder anderen Text verweisend, sagen: Ja, er schreibt zu schnell…, denn »so verweigert die Sprache sich nicht«. Aber gerade in dieser programmatischen Aufkündigung scheinbar geltender und letztlich gar modischer Wert transportiert sich die Betroffenheit. Die Zeitzeugenschaft findet nicht vom hohen Standpunkt eines Privatgerichts aus statt, sondern formuliert sich aus dem Zentrum einer Zerrissenheit, in dem es um nicht weniger als um das Weiterleben geht. Diese einander ausschließenden Impulse, einerseits *gültig*, d. h. *literarisch* zu sprechen, andererseits das Literarische zu zerstören und den *Klartext* zu suchen, geben in ihrer Unentschiedenheit einen subjektiven Zustand wieder, der zum authentischen Zustand eines einzelnen in einer antwortlosen Welt wird. Die Authentizität und Echtheit des Leidens fernab aller Larmoyanz erzeugt rückwirkend den gelungenen Text. Dieses schwer zu bündelnde, an seinen Rändern zerfließende und aus allen Fassungen stürzende Buch kann als ein *Roman* gelesen werden. Ein Roman, dessen Thema die Dissoziierung der Ordnungen ist. Auch poetologisch gehen die lyrischen in die prosaischen Texte über, sind Grenzmarkierungen oftmals nur optisch gesetzt. Und innerhalb dieses Basisthemas und seiner literarischen Umsetzung wird es konkret: wir lesen von Revolutionen und verpaßten Revolutionen, von Leipzig und Dresden, von Amsterdam, Rom und Bukarest. Und wir finden jene Wahrhaftigkeit der Reflexion, die durch Verhältnisse unbeeinflußt ist: »Ich//Bin geblieben. Hier,/Wo ich bin,/Wird keine Revolution/Mein Leben verändern.//Man lebt nicht/Unter dem Schirm/Irgendeiner Regierung.« Das schrieb Czechowski 1991, und es ist glaubwürdig, wenn man zum Beispiel in einem Sonett von 1988 lesen kann: »IHR SCHREIBT SO SCHÖNE VERSE, UNGEACHTET/Von dem, was auf den Nägeln brennt, hermetisch/Kreist ihr noch ein, was euren Sinn umnachtet,/Ihr nähert euch dem Thron selbst majestätisch.//Ihr fühlt euch selbst und eure Kunst beachtet,/Es winkt ein Preis, ein Paß, und stetig/Geht ihr den Weg, auf dem man sich entmachtet.« Das Glanzstück dieses Gedichtes besteht darin, daß es die Form benutzt, gegen die es sich, als Verlogenheitsform erkannt, wendet. Aber der Dichter macht es sich so schwer, wie es seine Begabung erzwingt. An einem Gedicht, das es in zwei Fassungen gibt, wird es deutlich, »Notiz«, geschrieben im Dezember 1989. Da heißt es an einer Stelle: »Ich/Lese in alten/Büchern, die/Noch gestern die alte/Wahrheit ver-/Kündeten. Mir/Bleiben vielleicht/Noch ein paar Jahre. Texte/In zeitlicher Folge/Habe ich nicht/Zu verteidigen.« So zu lesen in einer Anthologie. Im Band »Nachtspur« nun findet sich, neben auch anderen Änderungen, eine aufschlußreiche Satzerweiterung, die signalisiert, wie zugleich selbstreflektorisch der Autor mit Schuld und Verschuldung umgeht: »Mir/Bleiben vielleicht/Noch ein paar Jahre, um/Zu bereuen, was ich/Getan.« Möge das Urteil, das der Kläger Czechowski dem Angeklagten Czechowski noch übergeben wird, zugunsten des Dichters ausfallen. Texte in zeitlicher Folge jedenfalls gibt es nicht zu verteidigen, denn die Kontinuitäten sind bewiesen.

Am Ende der Illusionen

... Hilbig, mit Flaubert

Auf die Frage, welche Absichten er mit dem Roman *Madame Bovary* verfolgt habe, soll von Flaubert die Antwort gekommen sein: er habe mit der Geschichte der Emma ein Gefühl beschreiben wollen, das er beim Anblick einer von Salpeter zerstörten Pissoirwand gehabt hat. Er habe beschreiben wollen, wie sich die Farbe von ihrem Untergrund abhebt und zur Erde herabbricht. Und tatsächlich ist diese lakonische Bemerkung mehr als augenblickliche Koketterie. Sie ist ein Verweis darauf, daß dem nachromantischen Dichter *Stoff* und *Sinn* eines Textes nicht kongruent sind und daß Bezeichnendes und Bezeichnetes keine von vornherein gesicherte Beziehung eingehen. So beginnt die literarische Moderne, und sie ist schon das Leiden des Sprechenden daran, das Subjekt im Gesprochenen nicht repräsentiert zu finden. Und damit sind wir mitten im Sprachlaboratorium des Wolfgang Hilbig, einem grandiosen Nachfahren Flauberts und wie dieser darauf bedacht, die Auflösung von Materie zu beschreiben und Zeit zum Verschwinden zu bringen. »Doch es gibt«, schreibt er, »in keiner Sprache ein Zeichen für das, was sie bedeckt, es bleibt uns nichts als ein Benehmen von Lebenden«. Und Flaubert schreibt in einem Brief an Louise Colet: »Was mir schön erscheint, was ich machen möchte, das ist ein Buch über nichts, ohne äußere Fessel, das sich durch die innere Kraft seines Stils von selber hielte, wie sich die Erde ohne Stütze in der Luft hält, ein

Bemerkungen zum Werk Wolfgang Hilbigs

Buch, das fast keinen Gegenstand hätte oder in dem wenigstens der Gegenstand fast unsichtbar wäre, wenn das möglich ist. (...) Ich glaube, auf diesen Wegen liegt die Zukunft der Kunst.« – Kein Text also, dessen *Sinn* nicht in eben dem liegen würde, was aus den Sätzen hervorzugehen vermag, nicht aber *in* ihnen mitgeteilt werden könnte. In seinem vorzüglichen Essay *Hölle/Maelstrom/Abwesenheit* kreist Adolf Endler diesen Hilbigschen Schreib*sinn* in einer den Sätzen Flauberts ganz ähnlichen Weise ein: »Man braucht die ›Handlung‹ der Bücher Hilbigs nicht nacherzählen (man kann es übrigens auch nicht), es genügt, zusammenfassend zu konstatieren: Sie handeln von Vergiftetem und Vergiftungen, (...) und sie enden nicht mit Gesundung und Heilung, sondern mit Verwesung, Chaos und Untergang.«

... zwei sehr ähnliche Muster, eine bekannte Strategie

Mitunter scheint es, als ziehe sich aller Erzählanlaß in den Passionen einer Beschreibung zusammen, die den Leser übergangslos aus der beabsichtigten Langeweile akribischer Detailschilderungen in den Alptraum, in die Apokalypse, in die Vorhölle stößt: ... »verschlissene, alte Vetteln, uralt und irrsinnig, mit rotbemalten langen Fingernägeln; junge Frauen, die schon seit Jahren verwelkt und völlig verrückt waren, ohne Busen, nichts, wenn er mit den Fingern über ihre unteren Bäuche fühlte, spürte er nichts, keinen Widerstand, nicht den geringsten Vorsprung, keine Erhebung, keinen Haken, der sich unter dem schlüpfrigen Tuch verbarg, und seine Hand rutschte ins Leere.« In fast allen Prosatexten Wolfgang Hilbigs wird der Leser dieser sich wiederholenden Prozedur ausgesetzt: von einer scheinbar glatten Oberfläche eines Ereignisses ganz alltäglicher, profaner Natur in einen plötzlich und erdbebenartig aufgerissenen Abgrund zu stürzen. Den Leser hineinsinken zu lassen in den Strudel eines niedertaumelnden Geschehens mit seinem harten, illusionszerstörenden Aufprall ist die eigentliche Intention dieser Prosa. Dabei *bedient* der Autor sich der Szenarien und Geschichten eher, als daß er sich für sie tatsächlich interessiert; sie sind ihm lediglich Mittel zum Zweck, einen inneren Druck abzubauen und als Schreibanlaß zu bündeln; sie sind der »Verkehrsweg« in jenes finstere Reich, in das er uns entführen will und entführt, um uns schließlich dort auszusetzen und allein zu lassen. Verwirrung zu erzeugen vor den als gesichert geltenden Momenten der Realwelt oder, besser noch, aufzuzeigen, daß diese Momente der Sicherheit im Grunde Verwirrung und Zerwürfnis *in sich* sind, das ist die Perspektive, aus der heraus der Erzähler seinen Stoff anbietet. Nicht die Ordnung wird durch das Chaos bedroht und bricht von den Rändern ihrer Struktur her auseinander, sondern es *herrscht* Chaos, dem wir merkwürdigen Zivilmenschen ein paar geordnete Strukturen abgetrotzt haben, die wir indes stündlich wieder verlieren. Im Grunde ist jeder Organismus ein Metastasenorganismus, und die Personen, die ihn bis zum Tod auszuhalten haben, wissen es nur noch nicht und pflegen ihre Gestalt. Diese Botschaft macht Hilbig geradezu zum Alfred Hitchcock der Literatur, und natürlich ist sie verschwistert mit der des gigantischen Flaubert. Auch bei diesem Klassiker der Moderne findet sich eben dieses Prinzip: die Dinge auf die Spitze der Illusion zu treiben, um sie dann, von einer geeigneten Fallhöhe aus, die eine sie zerreißende Beschleunigung zuläßt, nur um so tiefer stürzen zu lassen. Nach dem Muster verfährt Flaubert prinzipiell – *Madame Bovary* ist das wohl berühmteste Beispiel. Immer, sobald Emma ihrem Begehren nahe zu kommen scheint, strauchelt sie nieder, und das scheinbar unerschütterlich geordnete Leben des Landarztes Charles, das in weit ausholenden Bögen beschrieben wird (und den »Nouveau Roman« vorwegnimmt), endet mit Auflösung und Tod. Das Leben als, mit Heidegger gesprochen, »Sein zum Tode« zu begreifen, hat bei Flaubert seinen Grund in einer sehr frühen ambivalenten Erfahrung. Die streng katholische und romantische, im übrigen aber recht lieblose Mutter schwärmt dem kleinen Gustave etwas vor, und der aufgeklärte, wissenschaftsgläubige Chirurgenvater zerschneidet es, um im Bilde zu bleiben, mit dem Skalpell auf dem Operationstisch. Die Mutter verweist auf religiöse Transzendenzen, und der Vater zeigt, daß alles Materie ist und als diese zerfällt.

... diese Ambivalenz ist nicht neu, doch neu erworben

Die Überlagerung zweier gegeneinander gerichteter Informationen im Wahrnehmungssystem eines Subjekts scheint auch die Grundierung des Werkes von Wolfgang Hilbig zu bestimmen – nur zeitversetzt zu Flaubert und mit anderen ideologischen Faktoren beliefert. Tief in die Verlorenheiten der Arbeiterschaft gestoßen, erlebt Hilbig das Leben aus der Perspektive seiner Niederlagen und Hinfälligkeiten heraus. Mit einer starken Gefühlsnatur ausgestattet, oder möchte man hier besser sagen: bestraft, beginnen schwierige, leidvolle Jahre von Isolation und Fremde. Zugleich aber herrschte über diese elementare und physische Erfahrung die ideologische Notzucht, Leidenszustände als von historischen Siegen begleitet zu sehen und im Wunschbild am Horizont zur Heilung gebracht. Die schnöde, vermeintlich dem proletarischen Bewußtsein entlehnte Versimpelung tiefer menschlicher Vorgänge bis zur Austreibung dessen, was »menschlich« überhaupt ist, nämlich als einzelner ein Subjekt zu vertreten, nahm der Sprache auch die Begriffe, über die komplizierte Vorgänge hätten erfaßt werden können.

Die zum Wissensstandard eines bewußten und denkenden Menschen gehörenden Modelle wie zum Beispiel die Psychoanalyse waren der herrschenden Ideologie allein schon deshalb unannehmbar, weil sie darauf hinwiesen, daß es so etwas wie Subjektsein überhaupt gibt – und damit auch ganz spirituelle Energien, die sich einer Macht weitestgehend entziehen. Denn wir haben es in jenen Jahrzehnten der »Diktatur des Proletariats« mit nichts anderem zu tun als mit dem zur Entfaltung gekommenen spätaufklärerischen, ganz szientistischen Gedankengut, nach dem es nur Pawlowsche Reflexhunde gibt und der Mensch ein trauriges Bündel Fleischmaterie ist, das schon Georg Büchners Doktor im *Woyzeck* mit Erbsenbrei vollgepumpt hat, um seine Studien zu treiben. Diese entsetzliche Kontinuität, die von Mary Shelleys Frankenstein als Fiktion bis zum KZ-Arzt Mengele als Realität reicht und die die Kontinuität einer Macht ist gegen das Vorhandensein einer Freiheit im Menschen, diese Kontinuität war den realsozialistischen Gesellschaften zumindest auf ideeller Ebene erhalten geblieben – überdeckt freilich von humanitären Grundwerten. Ein exzellenter Akteur dieses Geistes ist auch jener Apotheker Homais in Flauberts *Madame Bovary*, der denn auch den von seiner erfolgssüchtigen Emma genervten Charles dazu bringt, mit Hilfe seiner Erfindung einen Klumpfuß richten zu wollen. Die Operation scheitert natürlich, und natürlich scheitert sie, nachdem es den Anschein gab, daß sie gelänge. Die schließliche Amputation des Fußes ist ein Gleichnis für die ganze Tragödie dieses Problems: unvollkommenes Leben zu töten und es durch technische Simulationen zu ersetzen, die im Roman von 1857 noch eine Beinprothese war. (Und wie gut, um die Parallele wenigstens im Auge zu behalten, paßt sich hier auch der berühmte Stalinsatz vom Schriftsteller als einem *Ingenieur* der menschlichen Seele an.) Mit den Idealen des Vaters von Gustave, der, entsprechend dem Geist seiner Klasse, die *totale Beherrschbarkeit des Leibes durch die Erkenntnis* erträumte, trifft das alles sich bestens. Und hier läßt sich denn auch die Überlagerung von Romantik und Religiosität zum einen und Aufklärung und Wissenschaftsgläubigkeit zum anderen im Flaubert des 19. Jahrhunderts in große Nähe rücken zu der, wie sie sich in Hilbig gestaltet: hier eine sozialistisch-religiöse Erlösungsideologie als eine Form von transzendentem Kult, und dort die »faulende Materie«, die alleiniger Gegenstand wissenschaftlicher Beobachtung ist.

... die Verlorenheit in der Welt der Fabriken

Eingekeilt also zwischen schablonenhaften, vorfabrizierten Idealen und einer ganz gegenläufigen Realität, der auch noch die Sprache und damit ihr Wirklichkeitswert genommen ist, konnte das empfindsame Individuum nur in Stummheit versinken. So stumm ist denn auch folgende Szenerie: »... Stimmen, die den Nachzüglern ihren so früh schon geschickten Spott zurufen – *der unverwüstliche Humor der Arbeiterklasse* (Friedrich Engels) – ein letztes Mal, fünf Minuten vor halb sechs, verbreitet sich beunruhigender Geruch in den Umkleideräumen, Bettwärme, die die Leiber noch auszuströmen scheinen, mühsam ignoriert von allen Arbeitern, die unter dem Anheulen der Sirenen um halb sechs pünktlich zurückfluten in die Werkhallen, deren Tore sich soeben mit Getöse geschlossen haben, und es beginnt – mit dem Wort *mühsam* endlich wahrheitsgetreu zu bezeichnen – die uneingeschränkte Arbeit aller Arbeiter...« Die Figuren bei Hilbig, gerade, wenn sie der Arbeiterschaft entlehnt sind, bleiben fast vollkommen stumm. Aber es ist nicht die Stummheit der Leere, sondern eher die eines *verhinderten Sprechens*. Der frühe Autorenfreund Hilbigs,

Gerd Neumann, hat an genau dieser Stelle seine Arbeit begonnen: das *Vorhandensein* einer Sprache, die nicht gesprochen werden und Wahrheit nicht mitteilen kann, literarisch zu demonstrieren. Wo allerdings Neumann den Deutungsdiskurs des jäh am Sprechen Gehinderten übernimmt, beschränkt sich Hilbig auf seine Wahrnehmungen. Das kann nichts anderes zur Folge haben, als daß seine Figuren in jene Dunkelheit zurücksinken müssen, der sie für den schlaglichtartigen Augenblick der Beschreibung entkommen waren. Selbst die physische Beschaffenheit seiner Figuren scheint noch von Irrealität durchzogen zu sein, so als begegneten wir Lemuren in einer geistspukenden Nacht. »... C. bemerkte – wenn noch das diffuse Licht zwischen Nachmittag und Abend herrschte –, daß ihre Gesichter jede Kontur verloren hatten, ja, sie waren schon aller Sinnesorgane ledig, es waren entstofflichte, breiige und bleiche Flecken, in ovaler Form, die von dunkleren, aber ebenso blutlosen Schattenrissen durch den erloschenen Tag getragen wurden. Noch vorgestern waren sie ihm wie Larven erschienen, die vom aschhellen Flaum der Schneeflocken besetzt waren, darunter hatte der Verschleiß ihrer Züge versteckt gelegen ... heute war es hervorgetreten, der Ausdruck des Verfalls in diesem Antlitz, das in einem ungewissen Punkt einheitlich war: stets gemahnte es an ein hohes Alter.«

... noch einmal Nachrichten aus einem fast vergessenen Land

Daß ein Autor von dieser Konstitution mit einem derartigen Verständnis von Realität, und von Realität der »herrschenden Klasse« zumal, dem arg zurechtgerückten öffentlichen Literaturbetrieb der DDR nur ein Fremdkörper sein konnte, ist selbstverständlich klar. Die DDR war, ehe sie an ihrer

Unverhältnismäßigkeit zur Realität zugrunde ging, eine Art Megamaschine, die Ersatzwirklichkeiten und Illusionsgeborgenheiten produzierte. Zu dem kam, daß Einflüsse der literarischen Moderne für eine auf Erfahrungsmangel und systemimmanente Andersartigkeit hin geschriebene Literatur kaum eine Rolle spielten – wo sie nicht gar als dekadent usw. diffamiert worden sind. Wenn bei einem Lektor oder Redakteur die Literaturgeschichte bei Anna Seghers oder Johannes R. Becher zu Ende war – was gar nicht ganz selten vorgekommen ist –, dann mußten Verse, die an Rimbaud anlehnten, der Gefühlslage nach nicht nur Verstimmung erzeugen, sondern auch höchst seltsam anmuten. Die Unverhältnismäßigkeit, in der generell alle politischen und ökonomischen Koordinaten zueinander standen, wirkte auch dort, wo Kunstprodukte aus ihrem universellen Zusammenhang herausgelöst und auf das Maß behaupteter DDR-Wirklichkeit hin beschnitten wurden. An dieser permanenten Erzeugung von Unverhältnismäßigkeiten, wie sie die Macht vorangetrieben hat, um sich am Leben zu erhalten bis zum Tod, hat die Literatur einen zweifelhaften Anteil insofern, als sie sie eher bediente und lieber einen utopischen Imperativ einführte, anstatt Klartext zu sprechen und das Realitätsverständnis zu korrigieren. Las man die öffentlich hochgelobten Bücher, so schien es, als machten alle Gebrechen dieser Welt vor der DDR einen Bogen und als wären die Urkonflikte der Menschheit auf Produktionsprobleme geschrumpft. Was als Fragestellung in den öffentlichen Diskurs übernommen werden konnte, bedurfte einer vorherigen Problematisierungserlaubnis. So war die Schattenseite der Realität ohne Sprache geblieben, und wer in sie gestürzt war, wurde in Sprachlosigkeit gestürzt und blieb ohne Antwort. – Fast ohne Antwort, berücksichtigt man jene wenigen literarischen Stimmen, die einer erst einmal zu finden hatte und von denen Hilbig eine war. Mit Versen wie:

»o welch ein Land welch blauer geruch erleuchteter/kneipen der einfriert im gezweig der todgeweihten/ulmen: veilchenduft erbrochenes im spülbecken//hierzuland herrscht gräßlicher januar hyperboräische/himmel bersten von sternen glasige eiserde starrt/aus der leere:« ... schloß sich Hilbig, wie Endler schreibt, aus dem Schriftstellerverband selbst aus. Und freilich war das auch eine Chance für Hilbigs Literatur, die ein nachgereichter Beweis dafür ist, daß ein das Land beherrschendes Provinzbewußtsein in Aktualität und Bedeutung transformiert werden konnte. Gewiß finden sich gerade in der frühen Lyrik auch Spuren von Eloquenz und ausbrechendem Pathos, so beginnen diese in den 60er Jahren geschriebenen Gedichte doch zugleich ein Thema, das Hilbig vor allem mit seinem Förderer, dem verstorbenen Franz Fühmann teilt, indessen anders zu behandeln hat: das Verhältnis des Intellektuellen zur Arbeiterschaft bzw. zur realen Welt des Arbeitens und des Seins. Und wo Fühmann, nie ganz frei von der Illusion, Macht und Geist, Proletariat und Intelligenz verbrüdern zu können, in Konflikte gerät, bricht der jüngere Hilbig mit dem DDR-Mythos von der »Einheit und Verbundenheit der Klassen« vollständig. In aller Schonungslosigkeit schreibt er über die Arbeiter: »... Tatsächlich, alle waren sie Funktionäre, ihre Funktion bestand in der Bevölkerung, im Auffüllen des Innenraums eines abgegrenzten Territoriums, ihre Funktion war es, Masse zu sein, ausreichend voluminös, um einer Verwaltung für Innere Fragen die Existenz zu garantieren. Und da sie dies taten, beantworteten sie die Hauptfrage dieser Verwaltung auf das positivste: sie waren das Material der Verwaltung, sie waren der Verwaltung das Konstruktionsprinzip der Denkformen und der Auflösung der Denkformen zugleich ...«

Wolfgang Hilbig, der lange Zeit als Heizer gearbeitet hat und den die Kultursachwalter der DDR so gern als Arbeiterschriftsteller im Ergebnis jenes legendären »Greif zur Feder, Kumpel!« vorgeführt hätten – was leider überhaupt nicht ging –, weiß, wovon er spricht, wenn er die Welt der Arbeiter beschreibt. Und er gibt ihr gerade dadurch eine Würde zurück, indem er ihr keine Chance läßt, etwas anderes als gnadenlos zu sein. Es ist die Würde, die am Ende der Illusionen beginnt – an jenem Grenzpunkt, an dem sich die Hoffnung bereits als Destruktivkraft herausgestellt hat und schon überschritten worden ist. Diesen Grenzpunkt zu betreten fordert Wolfgang Hilbig uns auf.

Der Text und der Körper

(...)
Innenmuster

Kindheit, eine Frau,
die durch die Träume
spaziert
und sie vertauscht
gegen die Träume des Lehrers.

Fernsteuerbares Spielzeug.
Die Bewegung von Stofftieren.
Fremdsprache lernen im Stall,
dessen Wände die Würmer
zerstören. Worte, die die Worte
der anderen sind.

Meine Verführer hab' ich geliebt,
sie waren gutmütige Leute.

Aber wenn ich heute, aus dem
Haus gekommen, in den Dingen
meine Bedeutungen suche:

Wege, die Erinnerungswege,
Handlungen, die Erinnerungshandlungen
sind,

habe ich
ich weiß nicht,

was ich besitze,
was ich verlor,

und mir ist, als spazierte eine Frau
durch den Traum.

Das Kind, das ich war, wollte die Welt des Sprechens, die es zu betreten hatte, wieder verlassen. Es spürte, vielleicht gerade rechtzeitig noch, wie es über die Worte dem Einfluß des Vaters ausgeliefert war und seinen noch wachsenden Körper an dessen Befugnis verlor. Nicht nur die für die Dinge geltenden Bezeichnungen lehrte der Vater das Kind, sondern auch und gerade, wie die Dinge zueinander gestellt sind, wie sie gesehen und gedeutet werden müssen, in welchen Verhältnissen sie auftreten, welche Verweise und Bezüge sie herstellen und welche Verweise und Bezüge sie nicht herstellen oder nicht herstellen dürfen, welcher Sinn von ihnen ausgeht und wie und unter welchen Umständen über diesen Sinn gesprochen zu werden hat und wann er verschwiegen werden muß oder durch welchen Mechanismus er sich selber verschweigt. Und immer, sobald das Kind diese Ordnung verließ und die Beziehungen der Dinge zueinander vertauschte, da die Vertauschung seiner Wahrnehmung entsprach, wurde es in die Dunkelheit zu den Mäusen gebracht, wo es sich seinen Unsinn gründlich zu überlegen hatte. Zum Beispiel malte das Kind die Rehe grün und den Baum blau und den Himmel braun, oder es gab den Figuren einen zu großen Kopf und nur mit dünnen Strichen angedeutete Arme und Beine, immer aber brachte es die herrschende Ordnung durcheinander, und der Vater, der die herrschende Ordnung bewachte und davon ausging, daß jenseits dieser herrschenden Ordnung nur Chaos, Krankheit und Niedergang möglich sind, hatte zu kontrollieren und zu verbessern und zu bestrafen, wenn es nötig geworden war. Das Kind aber hat die Welt des Sprechens, da in ihr eine Gewalt anwesend war, beängstigender empfunden als alle Dunkelheiten, die es erlebte und die, sobald es die Augen geschlossen hielt, aufhörten, im Sinne einer Strafe zu existieren. Es fürchtete nur die ersten Momente: den harten Griff des Vaters am Arm, das laute Öffnen der Kellertür und das Straucheln in die Finsternis des Raumes. Dann war es schon überstanden und gut. Schnell hatte sich das Kind an die plötzliche Nacht gewöhnt und gewußt, wie man sich in ihr tastend zurechtfinden kann. Es gab keine tatsächliche Macht des Vaters über das Kind, erst recht nicht dann, wenn es die Augen geschlossen hielt und den Blick in die Dunkelheit verweigerte. Ein Schlag auf die Hände oder ins Gesicht hätte zumindest die Haut erreicht, er wäre eine ebenso äußerliche Handlung geblieben, aber er würde einen Schmerz über die Oberfläche des Körpers verteilt haben, dieser Kellerarrest indessen erreichte nicht einmal die Haut, er war das Wirkungsloseste überhaupt. In jenen von außen wirkenden Maßnahmen und Strafen zur Regelung einer Ordnung konnte das Kind, da sie den Körper nur als Objekt und nicht als Realität berührten, seine ganze Freiheit empfinden. Dem Kind war, als hätte es in Drachenblut gebadet und könne nun alles von sich fernhalten und die Unendlichkeit des inneren Vermögens bewahren, und manchmal glaubte es sogar, daß der sich steigernde Zorn des Vaters aus eben dieser Ohnmacht resultierte, immer nur die äußere Grenze des Körpers und niemals diesen selbst in Besitz zu bekommen. Ja, es kam sogar vor, daß dem Kind ein Gefühl von Mitleid unterlief, wenn es in der Raserei des Vaters dessen eigentliche Kapitulation und Schwäche entdeckte und ahnte, wie unantastbar die Freiheit ist und wie fest sie der Körper umschlossen hält. Das Kind spürte, daß es auf dem Grunde seiner leiblichen Existenz ein Geheimnis geben muß, dessen Unergründbarkeit den Vater demütigen konnte, wenn dieser sich bis zur Erschöpfung in Wut brachte und nichts anderes erreichte, als das Kind vielleicht einmal, vielleicht mehrmals zu Boden zu stoßen. Man müßte schon, dachte ich später, den anderen töten, wollte man dessen Freiheit auslöschen, doch dann würde man auf die Freiheit eines anderen und eines abermals anderen verwiesen sein, die sich ebenso nicht ergreifen und beherrschen ließ, die sich nur auslöschen ließ, um selbst als ausgelöschte Freiheit in der toten leiblichen Hülle neu zu erstehen und dem Täter im Gewissen abermals zu erscheinen. Es gibt also keine Macht über die Freiheit, dachte ich, es gibt nur die Zerstörung des Ortes der Freiheit oder den Zynismus der Ideologie, sie an ihrer Sprache zu hindern und aus dem Wissen zu verbannen, um sie im Körper abwesend werden zu lassen. Die Zerstükkelungs- und Verbrennungsrituale der Primitiven haben von daher dieselbe Sinn-Mechanik wie die Menschenversuche eines Dr. Mabuse: im Sezieren und Zerlegen des Leibes auf das Geheimnis der Freiheit zu stoßen bzw. zu glauben, sie sei abzuschaffen, wenn man nur die leibliche Hülle abschafft. Der metaphysischen Zeremonie, die die unsichtbare Seele einfangen und materialisieren möchte, kommt dabei derselbe Stellenwert zu wie dem modernen Analyseverfahren, das die Gefühle und Gedanken auf die Ebene ihres Wissens zwingt, um sie dort manipulieren zu können. In beiden, phylogenetisch weit auseinanderliegenden Fällen zeigt sich dasselbe Unvermögen der Macht: vor der Freiheit, da sie im Körper ist, ohne ihm anzugehören, zu scheitern. Dieses Scheitern leitet den Wiederholungszwang gewaltsamen Handelns ein, denn sie hat die Macht ins Lächerliche gebracht und ihr gesagt, daß es sie jenseits ihrer Behauptung nicht gibt. Aber dieses erste Erlebnis der Freiheit, wie das Kind sie erfuhr und wie sie im weißen Schatten der Strafe zur Geltung kam, geriet nun, wo es galt, die Welt des Sprechens zu betreten, in Gefahr, verlorenzugehen.

Der Raum der Gefährdung war die Sprache, deren Bestandteile die Grenzlinie des Körpers überschritten, um sich in ihn einzugraben und von innen her zu verändern. Die Worte drangen wie Pfeile ins Fleisch und verteilten ihr Gift in der Weise fester Bedeutungen. Die Empfindungen begannen, von den Worten in Besitz genommen zu werden und sich über sie einen Ausdruck verschaffen zu müssen, der ebenso ungenügend war und das sprechende Kind hinter dem Gesprochenen einsam zurückließ, wie er andererseits dem Vater die Möglichkeit bot, wie durch ein Fenster ins Innere zu blicken. Dem vom Körper umschlossenen Geheimnis war von nun an die Nötigung beigegeben, sich mitteilen zu müssen, um so in der Kontrolle zu stehen und berechnet wie beeinflußt werden zu können. Dieser über die Sprache installierte Blick in das Geheimnis des Körpers war von einer Totalität, wie sie keine Dunkelheit und wie sie kein Schlag ins Gesicht sein konnte, sie schien das Kind vollkommen auszuleuchten und imstande zu sein, jede Regung ausfindig zu machen und in den entlegensten Gefühlswinkel vordringen zu können. Später werde ich wissen, daß die Ausleuchtung des Inneren der eigentliche Sinn aller Reden ist und daß sich vor allem über das Reden die Macht im Körper festsetzen kann. Das Zeitalter der Moderne ist weniger von ihrer Technizität geprägt worden, die gerade jetzt ihre Spuren verliert und in Unwissen zurücksinkt, als vielmehr durch den ihr zugrundeliegenden, aufklärerischen Imperativ: die endlose Aussprache. Sie ist die erneuerte Technologie dafür, den Körper zu problematisieren und ihn in die verschiedensten Bezirke und Disziplinen zu zerteilen, um ihn als Gesamtorganismus außer Kraft zu setzen. Die endlose Aussprache, die sich mit den Gerichten und Kliniken ihre Institutionen geschaffen hat, will nicht so sehr klären, wie sie es positiv vorgibt, sie will ans Licht bringen, was die Freiheit ist, sie will den Wert des Schweigens in die Rede bringen, um ihn dort zu eskamotieren, sie will, kurz gesagt, den Körper Text werden lassen, um ihn so besser behandeln zu können. Ich erinnere mich einer Szene, die durchaus austauschbar ist und die dennoch alles enthält, was über den Sinn von Aussprachen gesagt wurde. Eine Mutter sitzt mit ihrer Tochter, die am Abend zuvor bei einer Geburtstagsfeier war, am Frühstückstisch. Sie kennt ungefähr die Leute, die sich getroffen haben, und weiß, wann die Tochter nach Hause gekommen ist, aber sie *hat nicht gesehen*, was sich zugetragen hat, also beginnt sie zu fragen. Den Rahmen ihrer Rede bilden die dürftigen Fakten, die ihr zugänglich sind, das Bild, das ihr fehlt, will sie sich schaffen. Behutsam beginnt sie mit ihren Fragen und hat die Tochter offensichtlich schon so weit unter Kontrolle, daß diese von sich aus aufs äußerste detailliert zu erzählen anfängt. Das Bild beginnt sich zu formen, Konturen, Abläufe und Beziehungen werden sichtbar: man hat gesprochen, gegessen, getrunken und getanzt, ein ganz normaler Abend unter Jugendlichen. Aber das Bild lebt nicht. Die Figuren bleiben kalt und die Farben stumpf, denn der Bericht der Tochter spart bei aller Genauigkeit eben das aus, was die Mutter eigentlich interessiert und wodurch sie dabeigewesen sein kann: wie hat sich ihr Körper verhalten, welche Erregungen, Bewegtheiten und Reize waren in ihm und welche Folgen haben sie gehabt. Im Anschein fürsorglicher Anteilnahme zwingt die Mutter das Mädchen zum intimen Rapport. Das Mädchen gerät ins Stocken, errötet, weiß nicht, was es noch sagen soll oder hat keine Sprache dafür. Die Mutter übergeht auch dieses letzte Signal der Tochter, die durch ein plötzliches Verstummen und Erröten mitgeteilt hat, daß sie, wie es ihr zusteht, mit der Welt ihres Körpers allein sein möchte. Sie übergeht es, indem sie das eingetretene Schweigen interpretiert und mit Formulierungen ausfüllt, die die Tochter nur noch mit einem Ja oder einem Nein zu bestätigen hat. Eine

Tortur des Befragens und Ausleuchtens beginnt, bei der der Tochter, die vielleicht gehofft hatte, durch den detaillierten Bericht das Eigentliche verschweigen zu können, keine Rückzugschancen mehr bleiben, denn ja oder nein kann schließlich jeder sagen. So beginnt sich das Bild, das die Mutter sucht, mit Leben zu füllen, aber es hat den Pulsschlag und die Atmung der Mutter bekommen. Es ist dem Mädchen entrissen worden und in korrigierter, dem Ordnungsprinzip der Mutter entsprechender Form zurückgegeben. Der Körper, der sich verbergen wollte, ist über die Rede zum beeinflußbaren Text geworden und hat sich diesem unterworfen. Die Unterwerfung ist dadurch um so größer und die Praktik der Unterwerfung um so niederträchtiger, als ihr die Behauptung der Liebe noch unterstellt wird. Diesen Vorgang des permanenten Durchleuchtens und Ergreifens kann man, wo er im Familienverband passiert, als einen Dauerinzest begreifen, der die seltene Form der sexuellen Überschreitung nur noch als ein Nebenprodukt abwirft. Dabei ist der Inzest in seinem eigentlichen und nichtkörperlichen Sinn nichts anderes als der ins Schlafzimmer geschleuste Praktikant einer Macht, die auf eben diese Weise ihr Netz über die Menschen gespannt hat und darüber wacht, was sie wissen dürfen und wann sie ins Dunkel der Sprachlosigkeit zurückzufallen haben. Und nun habe ich fast jenes Kind vergessen, das ich gewesen war und über das ich Auskunft geben wollte. Das Kind fühlte sich von Sprache umschlossen, eingeengt und bedroht, es spürte, wie es über die Worte in eine Ordnung geriet, die nur den Vater meinte und dem Kind befahl, so zu werden wie er. Die Worte waren die Instrumente der Machtergreifung über den Körper, sie drangen in ihn ein und forderten, daß er sich einen Ausdruck verschafft, über den er bewacht werden kann: Zugleich machten sie den Vater allgegenwärtig, schickten dem Kind dessen Blick und Ordnung nach in jede seiner Regungen. Aber in der Ordnung des Vaters war noch etwas enthalten, das nicht mehr der Vater war, etwas Fremdes, Äußeres und Anderes, das durch ihn hindurchsprach und ihm ebenso Befehle zu geben schien, wie das Kind sich befohlen fühlte. Das Kind beobachtete, wie sehr die Gebärde des Körpers und der Stimme eine andere war als die des Satzes, über den sie sich mitteilen wollte. Die Mitteilung, beobachtete das Kind, war etwas anderes als das Mitgeteilte, und die Unähnlichkeit, die zwischen Mitteilung und Mitgeteiltem herrschte, war mit Ahnungen und Interpretationen auszufüllen gewesen. So bedeutete es dem Kind eine große Mühe, das Mitgeteilte richtig zu deuten und es in das zu übersetzen, was es mitteilen wollte. Bald schon konzentrierte es sich nur noch darauf, das herauszuhören, was sich den Wörtern entzog. Es empfand, daß die Sprache keinen verbindlichen Sinn und keine identischen Inhalte aufnehmen konnte und nur Täuschung, Mißverständnis und Leere hinterließ und das Sprechen beschädigte. Es spürte, wie es sich die Stimme verletzte, wenn es die Welt des Sprechens betrat. Es fühlte den kalten, toten Glanz auf der Oberfläche der Worte, die ihm plötzlich wie Fremdworte klangen und außer einem phonetischen Reiz nichts übertrugen. Als das Kind anfing zu sprechen, glaubte es, den Sinn des Sprechens zu verstehen, aber nun, wo es die ersten Irrtümer gab, wo es sich immer häufiger irrte, wo es sich nur noch zu irren schien, so als wäre das Sprechen eine einzige Verwirrungsmaschine, da glaubte das Kind nicht mehr an den Sinn des Sprechens und verstand schließlich nichts mehr. Die Sprache sollte dem Kind eine eigene Sprache sein, und sie war ihm noch fremder, als es die Sprache eines Fremden hätte sein können. Die fremde Sprache hätte in die eigene Sprache übertragen werden können, sie hätte nur geklungen und keinen Inhalt vermittelt, aber sie wäre zu übersetzen und in einen Inhalt zu bringen gewesen. Diese

Sprache jedoch, die die eigene Sprache hätte sein sollen, war in keinen Inhalt mehr zu bringen, sie war da und in ihrem Vorhandensein leer, sie konnte nur das Gefühl hinterlassen, belogen worden zu sein oder selbst lügen zu müssen, würde man sie gebrauchen. So also sprach das Kind gar nicht mehr. Es hatte schon einmal recht ordentlich gesprochen gehabt, fand der Vater, in richtigen, vollständigen Sätzen, ehe es begann, zwischen den Wörtern eine Pause zu machen, so als hätten sie keinen Bezug aufeinander. Dann sprach es nur noch vereinzelte Wörter, und schließlich sprach das Kind gar nicht mehr. Es verweigerte die Sprache, so wie man eine bestimmte Nahrung verweigert, es entzog sich, es verstummte, ihm war, als würden sich die Worte zum bloßen Zeichen zusammenziehen und keine Bedeutung mehr hinterlassen. Im Zustand von Überreiztheit oder Erschöpfung kann jeder diese Erfahrung machen, daß ein Wort sich von seinem bildhaften Hintergrund abhebt und nur noch Klang ist. Man wiederhole einen beliebigen Begriff nur wieder und wieder, bis er sich isoliert hat und in seine morphologischen Bestandteile zerfällt. In einem solchen Augenblick hat sich der Körper von seinem Text, der von außen auf ihn einwirkt, vollkommen gelöst. Diese Loslösung ist der schließliche Krankheitsbefund eines latenten Mißverhältnisses zwischen Körper und Text, wie es uns täglich widerfährt. Das dauernde Vorbei- und Danebenreden, das Anders- und Falschverstehen, das »Ich wollte eigentlich sagen« und das Nachfragen, wie etwas gemeint gewesen war, ist schon strukturierte Sprachlosigkeit und unterbrochener Kontakt, der seine neurotischen Entsprechungen findet. Nicht nur, daß ein Text von außen über uns herrscht, er hält auch noch einen Abgrund bereit, den zwischen meinen und sagen. Diese ausgestellte doppelte Falle ist der Stabilisator der Macht. Zum einen monopolisiert sie die Begriffe und richtet jene ideologisch aus, die sie gebrauchen, zum anderen kann sie sich durch tautologische Behauptungen am Leben erhalten und den scheinbaren Sinn ihrer Existenz sicherstellen. Wenn die Macht in den Regimes des Ostens ausschließlich durch den Staat vertreten wurde, was Sätze wie: »Die Partei hat immer recht« usw., hervorgebracht hat, dann liegen die Verteilungsverhältnisse der Macht in der westlichen Welt zwar anders, aber, hört man den beispielhaften Werbespruch: »Mit dieser Salbe fängt Ihr Leben erst an«, nicht unbedingt besser, oder besser nur in ihrer Verzweigtheit. Beide Formulierungen üben Macht aus; die eine als physische Drohung, die andere als eine zynische Reduzierung des Lebens auf das Werteniveau einer Tinktur. Und es ist ganz und gar nicht überinterpretiert, wenn ich mich hier auf einen lächerlichen Werbespruch berufen habe: Werbesprüche zielen darauf ab, ernst genommen zu werden, und sie erreichen es über die paradoxe Strategie der Übertreibung. Sie setzen eine fiktive Perfektion als Maß und erwarten, daß wir sie zur Hälfte glauben, und schon nehmen sie unsere Ernsthaftigkeit in sich auf. Doch welche Widerstände hält die Sprache bereit, wenn hier nur davon die Rede ist, daß sie uns Befehle gibt und unterwirft bzw. von einer Macht verwaltet wird, die das in diesem Sinne unternimmt? Wie kann sich ein Subjekt mitteilen, ohne sich selbst nicht in die Mitteilung hinein zu verlieren? Schon zur Mitte des vorigen Jahrhunderts brachte es Rimbaud auf die Formel: Ich, das ist ein anderer. Dieser Satz trifft unser Thema und meint schließlich, daß der Körper durch den Text nicht repräsentiert wird. Diese Nichtrepräsentanz ist der Boden der Krankheit, im Individuum führt sie zur Isolation und Neurose, im Staatswesen zum Zusammenbruch, wie es die Ostländer zeigen. So ist das Scheitern des Modells Sozialismus zugleich auch das Scheitern einer ihm angehörenden Sprache, die einen Text auslöste, der seinen Gesellschaftskörper zerstörte. Der Körper ist dem Text beständig voraus und kann von diesem nur bestätigt, nicht aber befohlen werden. Er sendet Zeichen der Weisheit dort, wo es noch kein Wissen und keine Formulierungen gibt, er ist die eigentliche Instanz unserer Anwesenheit und er ist der unergründbare Ort der Freiheit. Schuldig macht sich der Text, wenn er sich vom Körper entfernt. Die Wissenschaft, die seit Laplace davon spricht, Ursache und Wirkung berechnen und die Entwicklung des Lebens als eine Geschichte der Kontinuitäten vorführen zu können, hat an diesem Schnittpunkt noch einmal anzufangen. Das Zeitalter der Aufklärung ist nun endgültig vorbei, die Texte haben versagt und die Körper gehen ihre metaphysischen Wege. Dem berühmten »Ausgang des Menschen aus seiner selbstverschuldeten Unmündigkeit« bei Kant ist lange schon der erneute Eingang in diese gefolgt, nur stellen sich die Kraftfelder der Unmündigkeit anders her. Lag das Wissenskapital des 18. Jahrhunderts noch in den Händen auserwählter Gelehrter, die gut annehmen konnten, daß die angekurbelte Zirkulation des Wissens von erlösender Wirkung sein würde, so liegt es heute, um zwei Jahrhunderte währendes Denken vermehrt, quasi unbrauchbar auf der Straße. Nicht die Zirkulation des Wissens ist das eigentliche Problem seiner Praxis, sondern die Deskription. An dieser Stelle haben die Feudalideologen des Realsozialismus so prächtig versagt, indem sie, aus lauter blinder Angst vor dem Wissen, in dessen Zirkulation eingegriffen haben und es in Verbotshierarchien brachten, ohne zu sehen, daß sie das Wissen damit erst interessant gemacht und aus den Senkungen und Dunkelheiten hervorgeholt haben. Ich habe noch das Geraune und Gewispere im Ohr, mit dem wir uns Bücher zureichten, die gerade das Glück hatten, in der öffentlichen Kritik zu stehen oder tönend ignoriert zu werden, und es ist nicht ohne Beispiel, daß sich das Wissen gerade dort am besten verteilt, wo es verschwiegen werden soll. Hingegen ist die Deskription des Wissens die bestimmendere Technologie der Verhinderung, denn sie türmt es zur Unüberschaubarkeit vor uns auf und schüttet es sozusagen mit sich selbst zu. In einer zweiten Stufe schaltet sich die Macht in das Wissen und ordnet es uns zurecht. So kommt es, daß der heutige aufgeklärte Mensch über ein hypertrophiertes Bildungsgut verfügt, dieses aber nur in einer sehr funktionalisierten Weise anwenden kann, denn es ist totes, mit dem Wissen nicht in Verbindung zu bringendes Kapital. Hilflos sitzt der homo oeconomicus vor seinem Psychiater und läßt sich die Zeichen seines abhandengekommenen Körpers erklären; er hat sich mit einem Text umgeben, den er schließlich selbst nicht mehr begreift und der nun wie ein böser Geist aus tiefer Nacht auf ihn zukommt. Eine ganze Simulationsindustrie ist in Gang gebracht worden, um die Trennung von Text und Körper zu überleuchten, und nicht selten gelingt es ihr tatsächlich, in der Kopie Realität so herzustellen, daß diese selbst vor unseren Augen verschwindet. In dieser Hinsicht war der Golfkrieg ein Drama von zweifacher Größe: zum einen als aggressives Ereignis, und zum anderen als tragische Gleichzeitigkeit von Ereignis und Kopie, die bewirkte, daß uns der Zugang zum Ereignis versperrt geblieben war und uns ausschließlich mit Kopien konfrontierte, die ihren Schnitt zwischen Macht und Wissen schon hatten. Aber auch die Technik der Simulation wird ihren Effekt der Überleuchtung verlieren und den Abgrund, der sich zwischen Text und Körper herausgebildet hat, nicht länger ausfüllen können. Gerade die letzten Jahre haben der Welt gezeigt, was bereits überwunden zu sein schien: daß die unterschiedlichsten Systeme in Beschleunigungen geraten können, deren Folgen nicht mehr absehbar sind und alle Prognosen verlassen. Diese Unberechenbarkeit, die das menschliche Erkenntnisvermögen ins Dunkel zurücksinken läßt, gibt dem Wort Irrationalismus eine Aufwertung, mit der wir werden leben müssen und die auch den Transzendenzbegriff neu definiert. Er hatte sich zu weit in die Wissenschaft hineingeflüchtet und wird seine frühen Spuren wieder aufnehmen müssen. Die alten Regulative setzen sich dabei selbst außer Kraft, es ist wie eine Fahrt ohne Lenkrad und Bremse. Möge sie an keiner Felswand, sondern in einer Strohmiete enden. In den Krisenregionen der jüngsten Zeit, die, da sie konstitutiv gerade am geeignetsten sind, unser aller Problem auszuhandeln, scheint sie eher mit einem Crash auszugehen. Jedenfalls spricht es sich zunehmend herum, daß es den gesuchten Lichtschalter, durch den der gesamte Raum unseres Lebens zur Ausleuchtung gebracht werden kann, nicht gibt, und das ist, bedenkt man die politische Variante dessen, auch eher gut so. Und wie die Menschheit ihre Ordnung wird verlassen müssen, wenn sie fortbestehen will, so verließ das Kind, das meine Ausführungen begleitet hat, ohne sie illustrieren zu sollen, die Ordnung der herrschenden Sprache und begann, sie mit einer eigenen Ordnung zu ersetzen. Einer Ordnung, die den Text an den Körper heranbrachte und ihn repräsentieren wollte und die später, und nur so konnte es sich in der Welt des Sprechens behaupten, Dichtung werden sollte. So war ich verstummt, wo andere sprachen, und so begann ich zu sprechen, wo andere verstummt sind, vorsichtig, langsam, immer in Gefahr, den Körper zu verlieren, immer in Gefahr, ein Leben lang so.

Ortswechsel

Meine Freunde im Osten
verstehe ich
nicht mehr, im Landstrich
zwischen Hamme und Weser

kenne ich keinen.
Gelegentlich grüßt mich
der taubstumme Bauer
von gegenüber, oder ein Beamter

kommt auftragsgemäß
und überreicht,
was zu befürchten war,
mit lockerer Hand.

Nirgendwo bin ich angekommen.
Nirgendwo war ich zuhaus.

Das stelle ich fest
ohne Trauer. Was also

hole ich her,
wenn ich bleibe,
was sollte bleiben,
wo es jetzt ist.

Der Geruch nach nassem,
faulendem Holz
morscher Dielen
ist im Gedächtnis,

die Gespräche des nachts
waren wertlos und sind schon
in alle Winde
verkauft. Voyeure

des besseren Wissens
sind wir gewesen, mit der
gesicherten Stille
des dauernden Winters

im Rücken, mit schönen Sätzen,
die irgendwo im Büro
eines kläglichen Amtes
zerbrachen.

Daran
schweigen sich lautstark
meine Freunde von gestern
heute vorbei,

denn schon wieder gilt es,
das falsche Wort
im rechten Moment
zu verpassen, den Startschuß,

das nächste Ziel abwärts.
Jetzt also spreche ich Klartext:
Ihr habt mich getäuscht. Ich
bin ein anderer gewesen

im Zentrum der beschädigten Jahre.
Doch wenn ich, für die Sekunde,
meinen Namen vergesse,
dann verstehe ich wohl

diesen Grabgang
der Sprache und möchte bedauern
und die Verwesung
allen Gewissens

milde betrachten,
so wie sich das Herbstlicht
am Abend sanft senkt
zwischen den Weiden

und die Dinge im Nebel
davongehn wie müde,
geschundene Tiere. Doch
ich verstehe es nicht.

Doch mein Körper
ist ruhig geworden,
und es grüßt mich
der gemiedene Bauer.

Zustandsbeschreibung. Zwischenbericht

Im sächsischen L., einer Stadt
im Auswurf der Zeiten,
habe ich nichts mehr

verloren. Gewonnen hab ich
die Einsicht vom Ende
der Herkunft. Was bleibt,

ist der Name
für meine vermutete
Person,

wie er auf amtlichen
Kopfbögen steht,
und daß mein linker Fuß

auf Dauer krank
und verpfuscht ist.
Da hilft auch die Freiheit

als geordnetes Rauschen
im Heizkörper nichts,
nichts hilft

der letzte schöne Weg
aller Dinge von gestern
in die Entsorgung,

nichts hilft die Gnade,
die Orte der Hinfälligkeit
zu vergessen.

Politisch betrachtet
meine ich bildlich gesprochen
schon lange nichts mehr,

und so sage ich klar:
meine Jahre bis heute
sind eine Schleifspur

gebrochener Schritte
aus oben beschriebenen Gründen
im anders grauen Sand.

Das bleibt nun so

Das bleibt nun so: ein Leben
mit hübschen Maschinen,
fortschrittlich, ohne Geheimnis
am Grunde der Tasse
und nur mit Zeit zu bezahlen.
Ein anderer Himmel,
zum Greifen zu hoch
und zum Sterben zu blau.
Und das bleibt nun so
und klingt schon
wie das Ende vom Lied,
das einem die Elektronik
zur Nacht singt. Die Requisiten
des Glücks, die ein Beamter
der Liebe uns hingestellt hatte,
sind zusammengekehrt
und im Dunkel verschwunden.
Das heißt, du hast abgedankt
fürs erste. Keine Warnungen,
kein Variantenspiel mehr
mit geordneten Tagen, kein
»Nun muß sich alles, alles wenden«.
Nimm das hin: du bist zuviel
und stehst einem Nächsten
mit deiner Überschußphysis
im Weg. Und das bleibt nun auch so,
daß dir dein Herz
ein gefrorenes Feld wird
voller wilder, plündernder Stare.

Nachweise

Haus ohne Menschen. Ein Zustand
(gekürzte Fassung in: Der Spiegel, 5. 7. 1993)

Das Argument und sein Hintergrund
(in: Neue Deutsche Literatur, Nov. 1990)

Die Gespräche finden nicht statt. Die DDR und ihr Mythos
(in: »Über Deutschland«. Schriftsteller geben Auskunft. Hg. v. Thomas Rietzschel. Reclam Verlag Leipzig, 1993)

Die Stasi. Eine dauernde Realität
(Radio Bremen, 4. 7. 1993)

Machtmaschine Sprache
(in: Freitag, 19. 3. 1993)

Die Unaufgeklärtheit der Revolutionen
(in: Süddeutsche Zeitung, 5. 11. 1991)

»Es gibt keine Entschuldigung.« Offener Brief an Rainer Schedlinski
(in: Süddeutsche Zeitung, 11./12. 1. 1992)

Der Text und die Freiheit des Textes
(gekürzte Fassung in: Freitag, 18. 6. 1993)

Sie schweigen. Oder sie lügen
(in: »Machtspiele«. Hg. v. Peter Böthig u. Klaus Michael. Reclam Verlag Leipzig, 1993)

Die Kontinuität und ihre Beweiskraft
(in: Freitag, 30. 7. 1993)

Am Ende der Illusionen
(stark gekürzte Fassung in: Die Zeit, 2. 10. 1992)

Der Text und der Körper
(in: Sprache im technischen Zeitalter, März 1992)

Ortswechsel
(in: Neue Deutsche Literatur, Juli 1993)

Zustandsbeschreibung. Zwischenbericht
(in: Neue Deutsche Literatur, Juli 1993)

Das bleibt nun so
(in: Neue Deutsche Literatur, Juli 1993)

Fotos von Ute Döring

Kulturgeschichte
in der edition suhrkamp

Aron, Jean-Paul / Roger Kempf: Der sittliche Verfall. Bourgeoisie und Sexualität in Frankreich. Aus dem Französischen von Agnes Bucaille-Euler, Birgit Spielmann und Gerhard Mahlberg. es 1116

Brunkhorst, Hauke: Der Intellektuelle im Land der Mandarine. es 1403

Engler, Wolfgang: Die zivilisatorische Lücke. es 1772

Holbein, Ulrich: Der belauschte Lärm. es 1643

– Ozeanische Sekunde. es 1771

– Samthase und Odradrek. Versuche. es 1575

Kleinspehn, Thomas: Warum sind wir so unersättlich? Über den Bedeutungswandel des Essens. es 1410

Kultur. Bestimmungen im 20. Jahrhundert. Herausgegeben von Helmut Brackert und Fritz Wefelmeyer. es 1587

Lang, Bernhard / Colleen McDannell: Der Himmel. Eine Kulturgeschichte des ewigen Lebens. Mit zahlreichen Abbildungen. es 1586

Die Listen der Mode. Herausgegeben von Silvia Bovenschen. es 1338

Macho, Thomas H.: Todesmetaphern. Vom Reden über den Tod. es 1419

McKeown, Thomas: Die Bedeutung der Medizin. Traum, Trugbild oder Nemesis? Aus dem Englischen von Cornelia Rülke und Bernhard Badura. es 1109

Mythos und Moderne. Begriff und Bild einer Rekonstruktion. Herausgegeben von Karl Heinz Bohrer. es 1144

Naturplan und Verfallskritik. Zu Begriff und Geschichte der Kultur. Herausgegeben von Helmut Brackert und Fritz Wefelmeyer. es 1211

Scholem, Gershom: Über einige Grundbegriffe des Judentums. es 414

Das Schwinden der Sinne. Herausgegeben von Dietmar Kamper und Christoph Wulf. es 1188

Die unvollendete Vernunft: Moderne versus Postmoderne. Herausgegeben von Dietmar Kamper und Willem van Reijen. es 1358

Vernant, Jean-Pierre: Die Entstehung des griechischen Denkens. Aus dem Französischen von Edmund Jacoby. es 1150

– Mythos und Gesellschaft im alten Griechenland. Aus dem Französischen von Gustav Roßler. es 1381

Veyne, Paul: Glaubten die Griechen an ihre Mythen? Ein Versuch über die konstitutive Einbildungskraft. es 1226

Die Wiederkehr des Körpers. Herausgegeben von Dietmar Kamper und Christoph Wulf. es 1132

308/1/2.92